아름다웠노라고 말하라

───

이상조의 문학 선집
아름다웠노라고 말하라

발행일   2016년 5월 25일

지은이   이 상 조
펴낸이   손 형 국
펴낸곳   (주)북랩
편집인   선일영   편집   김향인, 서대종, 권유선, 김예지, 김송이
디자인   이현수, 신혜림, 윤미리내, 임혜수   제작   박기성, 황동현, 구성우
마케팅   김회란, 박진관, 김아름
출판등록 2004. 12. 1(제2012-000051호)
주소   서울시 금천구 가산디지털 1로 168, 우림라이온스밸리 B동 B113, 114호
홈페이지   www.book.co.kr
전화번호   (02)2026-5777   팩스   (02)2026-5747

ISBN   979-11-5987-032-3 03810(종이책)   979-11-5987-033-0 05810(전자책)

이 도서의 국립중앙도서관 출판예정도서목록(CIP)은 서지정보유통지원시스템 홈페이지(http://seoji.nl.go.kr)와
국가자료공동목록시스템(http://www.nl.go.kr/kolisnet)에서 이용하실 수 있습니다.
(CIP제어번호 : CIP2016012493)

성공한 사람들은 예외없이 기개가 남다르다고 합니다.
어려움에도 꺾이지 않았던 당신의 의기를 책에 담아보지 않으시렵니까?
책으로 펴내고 싶은 원고를 메일(book@book.co.kr)로 보내주세요.
성공출판의 파트너 북랩이 함께하겠습니다.

이상조의 문학 선집

아름다웠노라고 말하라

이상조 지음

시와 소설과 수필과 논고를 통해
세상과 소통을 꿈꾸다!

북랩 book Lab

서문

국문학과를 나와 교편을 잡았으나, 글재주가 부족하여 글쓰기를 기피해 왔습니다. 하지만 마음속에서는 항상 글쓰기에 대한 목마름이 있었습니다.

그러다가 우연한 기회에 금강산에 다녀오게 되었고 그 결과 보고서를 제출하면서 글쓰기에 대한 열망과 내 삶의 의미에 대한 의문이 다시 고개를 쳐들기 시작했습니다.

"교사로서의 삶도 중요했지만 교사로 만족하는가? 마무리는 어떻게 해야 하는가? 삶의 진정한 의미는 무엇일까?" 등 스스로에 대한 끊임없는 질문이 내부에서 이어졌습니다.

어느 순간, "우물쭈물 하다가 내 이렇게 될 줄 알았다."는 버나드 쇼의 묘비명이 떠올랐습니다. 결국, 인생은 열심히 살아도 우물쭈물하다가 끝나는 것이 아닌가? 후회하는 삶을 우려하는 순간이었습니다. 늦은 나이에 뭘 시작할 수 있을까? 가능한 일일까? 그래도 결국 나를 채울 수가 없었습니다. 나를 채울 수 있는 것은 새로운 출발이었습니다. 인심(人心)으로서가 아니라 도심(道心)이 필요하다고 생각했습니다.

꿈의 시작은 무조건 들이대기입니다. 그것은 나에 대한 무한한 믿음에 기초한 것입니다. 첫출발은 보잘것없고 희미하지만, 끝은 장대하고 선명하리라는 굳은 생각이 들었습니다. 완성된 것은 아니라도 나의 진솔한 삶의 결과물이 있다면 괜찮다고 생각했습니다. 나의 사상이나 감정을 상상의 힘을 빌려 언어로 표현하여 형상화시킬 수 있다면 나에겐 큰 기쁨이었습니다. 글솜씨가 뛰어나거나 그렇지 않거나 나의 삶의 진솔한 내용을 담아 소통할 수 있다면 큰 행운일 거라 생각했습니다. 부족한 졸문을 세상에 내놓는 진솔한 심경의 이야기를 '화초머리'와 '굼벵이'에, 삶의 태도를 '무조건 들이대기'에 담아 봤습니다. 비유와 압축을 통해 진실하고 솔직함을 사물, 사람, 사회, 역사를 대상으로 세상과 소통하고, 있을 수 있는 삶의 이야기를 나의 시각으로 비춰보고 싶었습니다. 나의 직접적 이야기를 독특한 취향으로 세상과 만나고자 속을 태웠습니다. 삶의 의미를 진실하고 솔직하며 소박한 언어로 구체화시킨다면 소중한 울림이 누군가와 소통될 것이라 기대했습니다. 울림 있는 언어는 나를 치유한다. 곧 문학은 날 완성한다고 믿었습니다.

책을 내는 일에는 배다 만 알을 미리 끄집어내는 두려움이 앞섰습니다. 사소하고 시시한 이야기로 독자의 눈과 귀를 멀게 하는 것은 아닌지? 짧은 지식과 경험으로 감히 독자들 앞에 나섬에 대해 이해를 구하며, 앞으로 보잘것없는 글이라도 한 걸음 한 걸음 내디디며 변화되고 깊어지며 확대될 수 있기를 기대하며 성의를 다할까 합니다.

2016년 5월
이상조

이 책의 차례

서문 ··· 4

제1부 시 ——————————————

개골산 ··· 12
같은 하루인데도 ··· 14
건전지 ··· 16
고향 장터 ··· 19
공연 ··· 21
꿈 ··· 22
철쭉제 ··· 25
굼벵이 ··· 27
다비식 연기처럼 피어오를 수 있다면 ··· 29
개머루 같은 녀석들 ··· 31
거울 앞에서 ··· 34
검은 바다 ··· 36
노인의 약속 ··· 38
누가 오라 하지 않아도 ··· 40
누에 ··· 42
닭 ··· 43
대나무꽃 ··· 45

대지 … 47

벌레 먹은 나뭇잎 … 49

베르쿠치와 독수리 … 50

빛과 언어 그리고 시 … 53

사랑 … 55

산은 내 맘 듣는 귀가 있다 … 57

삶의 꼬리질 … 60

쑥부쟁이 … 61

씻김굿 소리 … 63

아름다웠노라고 말하라 … 65

아스팔트 위의 지렁이 … 67

양통머리 까졌다 … 69

어매 이름은 윤한 … 71

연리지(連理枝) … 73

오얏나무 … 75

벽 … 79

용광로로 가는 돌 … 81

닮을 걸 닮아야지 … 83

누리꾼의 풍경 … 85

민들레야, 일촌단심으로 … 87

종이 … 89

주목 : 화광동진(和光同塵) … 90

천둥소리 … 92

친구야 ··· 94

통성명 ··· 96

판박이 ··· 97

풍산 벌 이야기 ··· 99

풍암서원(豊嚴書院)을 찾아서 ··· 101

함부로 사랑한다 말하지 말라 ··· 103

해 그림자 속에서 ··· 105

행복공사 ··· 106

화초머리 ··· 108

세월 ··· 110

굼뜨고 서툰 사랑 법을 예찬이라니? ··· 111

꿀벌 사라진 이야기 ··· 113

낟알은 남이 털어 가고 ··· 115

길 ··· 117

나에게 힘이 된다면 ··· 119

누에 ··· 121

담배고자리 ··· 123

당달봉사 ··· 125

돌탑 ··· 127

무궁화 한 그루 심고 싶은 용산 ··· 129

무조건 들이대기 ··· 131

바다 속 아이 가꾸기 ··· 133

해충 ··· 135

신 별신굿 : 양반세도자랑 ··· 137

피눈물 ··· 140

이 봉사 시로 세상 만나다 ··· 142

나는 너와 달라 ··· 144

국기 달기 ··· 146

강아지 호랑이로 자란다 ··· 148

산다는 것 ··· 150

마음 풀고 뒤통수 보이지 말라 ··· 151

내가 보일 때 행복은 살아난다 ··· 153

개 같은 세상이라서 ··· 155

갑오생 말띠 이야기 ··· 156

제2부 소설

술도깨비 덫에 걸리다   … 160
늑대의 복지   … 187

제3부 수필

산   … 212
皆骨山 探勝記   … 218

제4부 논고

구운몽(九雲夢)의 원형적(原型的) 시고(試考)   … 234
롤러코스터의 回轉運動(회전운동)을 類推(유추)하며   … 249
입향조의 뿌리를 찾아서 – 양정공(襄靖公) 이화(李樺)의 시를 만나다   … 254

제5부 서간문

준엽아   … 270

시

개골산

살바람
황소숨 몰아쉬듯
식식거리며 등성이 올라
먹장구름 만나자
겁에 질려 창백해지는 얼굴.

재넘이
밀고 당기는 풀무질에
계곡으로 고추바람 일구더니
등성이
쇠모루 위에 누워
담금질되듯
벼려진 강골.

산 꿩 달아날 때
매 사냥하듯
쫓고 쫓기는 살바람 추격전으로
노린내 나도록 난타하여
발가벗겨 골짜기로 쓸어 넣고
하늘 향해 웅숭그린 몰골.

천 년 망치장단에
고비마다
움파인 굴곡 따라
스며나는 은회빛 단내는
질긴 겨우살이에서
청춘 불러내는 노인의 향기.

같은 하루인데도

같은 하루인데도
늙은 부부
인간에 등 돌린 채 써레질하며
혓바닥에 걸린 힘만큼
쪼그렸다 폈다 하며
면역 키우는 집

하루 종일
물레방아 돌린 물만큼
일을 담고 피로 비우며
아날로그시계 속에서
숨 고르는 집.

통나무 밑동부리 같은 해

도끼질에

반쪽으로

반의 반쪽으로 갈라지면서

해 아래로 켜를 지워

장작더미로 숨죽이고 떠나자

운두[1] 높은 독 세상과 호흡하며

장 익어가는 집

같은 하루인데도

동창 붉어지면

날마다 술래 되어

숨은 아이 찾아 나서더니

황사 먹은 해

주저앉은 소처럼

헐떡 뭉그러지자

'못 찾겠다.' 외며 돌아가는

얼빠진 나의 집

1) 그릇이나 신 따위의 둘레나 둘레의 높이.

건전지

엄마는
충전할 수 없는
풍 맞은 건전지.

바람 맞아 에러내고
반신 발버둥치다
쓰다 버린 폐수거함에
울타리 치고 유배된다.

며느리의 힘으로
아내의 힘으로
엄마의 힘으로
가족을 움직였는데

밀고 당기는 돌풍에
회오리바람 소용돌이치더니
놀란 바람 지쳐 눕는다.

식구들이 주장만 한다면
한 백 년 쓸 줄 알았는데
충전할 수 없는 폐건전지처럼 던져지니
가슴 치는 신음 소리
수거함 울타리 넘는다.

에러 내고
온몸으로 발버둥치다
우리와 등질 때,
"저린 사지 풀지도 못하고
바람 맞아 죽은 근육
썩은 달 머농[2] 입고
나들이 떠날까?"

---

2)   전남 지역에서는 먼 곳으로 갈 때 입는 옷이라 하여 '머능옷'이라 하며 '죽으매옷'이라고도
    한다. 경북 안동에서는 수의를 '머농'이라고 하며 명주나 삼베로 짓는다. * 윤달= 썩은달=
    여벌달= 남은달

"애비야, 염려 마라.

폐수거함으로 귀양가는 것도

하늘이 하는 일이니 너희 탓하지 마라."

어눌한 말로 아름아름한다.[3]

---

3) 말이나 행동을 분명히 하지 못하고 자꾸 우물쭈물하다.

고향 장터

육중한 몸집에
깍두기 머리한 조폭처럼
수입보다 지출이 많아
제구실 못하는 놈이
고향 장터를 접수했다.

장꾼 기다리는 좌판 위로
표정 없는 얼굴이 내려앉는다.
무말랭이 같은 주름 밑으로
검버섯이
바나나 껍질에도 옮아 붙는다.

기업형 마트 엎치고
다국적 유통센터 덮치더니
장꾼들은 구더기 될 것처럼
바글바글 들붙는다.
큰 손의 소드락질에[4]
고향 시장은 손 놓더니
시래기 말라붙듯 옥붙는다.[5]

이웃 인정도 갈붙이었다.[6]
언제부턴가
긴 한숨짓는 이들 발길 따라
데설웃음[7] 짓던 이들은 돌아들더니
까투리웃음[8]도 덩달아 따라붙었다.

4) 남의 재물 따위를 빼앗는 짓.
5) 안으로 오그라져 붙다.
6) 『…을』남을 헐뜯어 사이가 벌어지게 하다.
7) 시원치 않게 웃는 웃음
8) 경망스럽게 키드득거리며 웃는 웃음.

공연

가락이 몸을 타고 흐른다.
미친 혼이 몸을 흔든다.
음률은 혼 줄을 잡는다.
몸이 흐느적거린다.
이유 없이 흥분시키더니
가슴을 달구어 낸다.

언어가 운율 타고 흐른다.
미친 혼이 몸에서 이탈한다.
음률은 혼 줄을 놓는다.
영혼이 흐느적거린다.
이유 없이 눈물 나게 하더니
가슴을 헹구어 낸다.

꿈

어둠은 차양막을 뚫고 하얀 불빛을 좇는다.

비는 추적추적

전의를 상실한 힘겨운 병사처럼 내리는데

난 열없이 투벅 투벅

차양막 설치한 무대 쪽으로 오른다.

가락이 무대 따라 흐른다.

감칠맛 나는 소리를 좇으며,

그녀 옛집을 싱겁게 바라보니

그녀네 집은 1층 다다미방,

난 회오리바람 타고 옆 통로를 지나 위로 달아난다. 2층 사진관 흰 횟가루 벽체는 콘크리트 벽체가 되었고, 나와 그녀와 찾던 책방은 게임방이 되었다. 세월을 되새김질하며 지난 통로를 돌아 나온다.

오늘은 초등학교 동창회

'그녀는 오늘 나왔을까?'
흰 옷 입고 지나가는 행인들 잡고
"동창회 열리는 곳이 어디예요?"
반갑게 물으니, 모두 험악한 눈빛을 해대며 낯설어한다.
어렴풋이 이름들 속에서 얼굴이 솟아난다.
얼떨결에 건넨 말은 서먹했다.
세월을 폴짝 뛰어넘는다.
상스런 욕을 해대며 이름들을 포옹한다.
몸은 짜릿하기보다 익숙하다.
편안하다.
따뜻하다.
반가운 얼굴들.
그곳에는 고등학교 동창인 그녀가 있다.

그녀는 엉뚱하다.

욕을 해대며 포옹한다.

몸은 칙칙하고 차갑다.

나는 실오라기 걸치지 않고 숨길 수 없는 채로

그녀의 가슴이 아닌 손바닥 안에 있다.

그녀는 손바닥 속의 나를 가끔 들어다 본다.

님의 손바닥 안의 나처럼.

"이 손바닥 안에 너 있어"

"너는 올곧은 소리는 잘 하나, 남에게 생채기를 많이 내거든"

"넌 현실보단 이상을 좇는 몽상가야"

대뜸

"잠깐 볼일 보고 올게"

하고 사라진다.

내 오줌보가 탱탱하다.

하얀 불빛은 어둠을 뚫고 훤한 세상으로 나온다.

철쭉제

우리들은,
강렬한 힘을 느끼는
시린 태양빛을 사랑하기보다는
살가운 아지랑이를 그리워한다.

내숭으로 맘 접었다가
다사로운 손길에 애무받으면
보시시
연분홍빛 얼굴 내밀며
내밀한 연정으로 화답한다.

은빛 하늘 아래
햇발이 솜털 같이 내리면
갑오년 궐기하다 널브러진,
외세의 야바위에 걸려들어 내동댕이쳐진,
겨레끼리 상잔하다 이념에 짓밟힌
영혼들이
골골 헤매다가
보랏빛 향기로 단장하고
순아 순아
산마루로 몰려든다.

구천에
사무친 검붉은 응어리가
다사로운 태양의 신원으로
다소곳한 새색시처럼
연분홍 치마 두르고
봄마다
그리운 임 찾아 나선다.

굼벵이

야미[9]를 꿈꾸지도 못하고
곰실곰실
곰실곰실
굼벵이 숙덜숙덜거린다.[10]

못 갖춘 탈바꿈하려
굼벵이 담버랑 뚫는다.
굼적굼적
굼적굼적

굼벵이 땜뿍 뚫는다.
굼지럭굼지럭
굼지럭굼지럭

9) 매미의 옛말
10) 남이 알아듣지 못하도록 낮은 목소리로 조금 수선스럽게 자꾸 이야기하는 소리. 또는 그 모양.

굼벵이 무덤 옮기며
군소리 하듯 힘겹다 구두덜구두덜거린다.[11]

남의 시선 두려워
음습한 어둠 속에서 신바람 내며
한여름 날
첫 울음 치를 궁리에
불안한 소리로 쫑덜쫑덜거린다.[12]

굼벵이 재주부리며 뒹굴다
못 갖춘 채로 허물을 벗는다.
재주 부리다 얻은 난든집[13]으로
낯선 세상과 소통하기 위해
두려움 접고
여름 한철
신명나게 울 야미를 꿈꾼다.

---

11) 못마땅하여 혼자서 몹시 군소리를 하는 모양.
12) 불만스러운 태도로 자꾸 중얼거리는 소리. 또는 그 모양. '중덜중덜'보다 센 느낌을 준다.
13) 손에 익은 재주

다비식 연기처럼 피어오를 수 있다면

주림에도
불판 위 삼겹살이
검댕이 되도록 불을 지핀다면
뱃살을
초지장처럼 깎아낼 수 있다.

푸른 하늘이
먹구름에 덮이어도
다비식 연기처럼
피워 올릴 수 있다면
시커먼 구름 알갱이 내헤쳐서
덤으로 얹은 욕망도
티끌 없는 빗방울로
이 땅에 내릴 수 있다.

구름 속 물방울만큼
많은
욕망의 중력이
이 땅을 향하더라도
장작에 불 들여
잿빛 살점과 뼈를 남길 수 있다면
다비식 연기처럼
하늘로 피어오를 수 있다.

연기보다 무거운 덤에
허우적거리는
티끌 많은 세상에서
뱃살 없이
이 땅 지킬 수 있다면
산 같은 지위와 귀함을
불 들이어
잿빛 살점과 뼈를 남기고
다비식 연기처럼
홀가분하게
피어 올릴 수 있다.

개머루 같은 녀석들

학교 울 밑 개머루
줄기마다 올망졸망 돋아나듯
녀석들 학교 울 안으로 몰려나온다.
동으로 신작로 따라 노리에서 권산정 지나 삼강정을 돌아 떼거리로
몰려나오고,
서로 나바우, 소산동 녀석들 들판으로 곡예 하듯 논두렁 타고 오며,
남으로 하하 녀석들 사공 졸라 나룻배 타고 북상하고,
북으로 신양, 만운 녀석들 보또랑 타고 남하하여,
구르마 탄 대밭골 한두실 녀석들 강변방죽 따라
학교 울안으로 몰려나온다.

학교 울 밑 개머루 드름드름 달리듯
녀석들의 자랑도 학교 울안에 열린다.
간간이 호주머니 까 보이며
녀석들의 자랑이 쏟아지던 곳
나룻배 타고 강 건너던 하하 애들.
땅섬 모래무지에서 건진 땅콩 한 줌,
마애 산삐알 아래 낙수 밤 한 줌에 인정을 줍고,
사과밭 많던 소산 나바우 애들

석기 샘 배탈 염려 귀전으로 흘리며

풋사과 도사리[14]에 기세 올리던 자랑,

탱글한 앵두로 새콤한 추리 자랑에 입맛 불러

못댐이 녀석들 잔대 캐 입에 정 물려주며,

감꽃 실에 꿴 목걸이 뽐내는 중말 순둥이들,

떫은 감이며 곶감을 철 바꾸어 하던 자랑,

고창 애들 필통 속에 사슴벌레 담아 와서

지엠씨 트럭 바퀴 굴러가도 끄떡없다는 괴담에 갸우뚱하는 머리들,

피마자 기름칠한 빤질한 토종 호두 조막손아귀에 움켜잡고 뽀드득

소리 내는 솜씨 좋은 노리, 수리 애들 열기로

학교 울 안 개머루 땡볕에 드럼드럼 한다.

14) 다 익지 못하고 도중에 떨어진 열매

손길에 닳아 빤질한 장돌뱅이들은
새우젓 가계에서
주덕이 아부지 눈치 살펴
새우젓 입으로 털어 넣고
입가심로 잽싸게 삼킨 펌프 물에
꼬르륵 물꼬 터지는 소리에 화사한 얼굴들.
자랑할 것 없어 머쓱해 하던 녀석들이
교실 벽 등지고 옴짝달싹 않고 기대고 머물던 곳.
모두
하얀 이밥에 고깃국 차려 먹고 싶어 하던 녀석들.
학교 울 밑에 지천으로 너른한 개머루 같은 녀석들.
철 지나니 개머루 이야기도 학교 울 밑으로 떨어진다.

해마다 열리던 개머루는 시멘트 담벽 밑에 묻히더니
운동장엔 인조잔디가 푸르게 돋아난다.

거울 앞에서

거울 앞에서
민낯 감추고
서툰 화장 솜씨로
세상 서성거린다.

거울 속
그럴듯한 열매 얻으나
사람들은
굴퉁이만 열린다고 면박한다.

슬퍼 눈물 흘리면
내 마음 알아채고
날 위로하듯 함께 울어주나
꼬집어 봐도 신경 굵은 사지.

내 기뻐 웃음 지으면
내 마음 알아채고
날 격려하듯 더불어 웃어주나
즐거움이 안 열리는 얼굴.

왼쪽 어금니 발치하고
바른쪽 어금니 허전한데도
평소 바꿔 사는 친숙함에
세상 아무리 치덕거리어도
낯선 웃음만 열리네.

검은 바다

대가리 함부로 드밀다가
뱃대기 찢어져 흘린 검붉은 피떡
조류 타고 세포 분열하듯 무한질주한다.
무방비 상태의 나를
함부로 대하더니
기름 도적질해 먹은 앙큼한 게
눈깔 희번덕거리듯
순결한 내 몸에 검은 마수를 뻗친다.
음흉하고 검은 속셈으로
넉넉한 내 가슴 위에
검은 손길 더듬거리며
능글맞게 나의 숨통 조여 온다.

지금 내 꼴이

검은 복면 쓰고 덮치는 괴한 앞에

겁에 질려

목숨 구걸하는 처지 같이

손 쓸 겨를 없이 코 박고 엎드려

너의 위협에 속절없이 당할 뿐이다.

무방비로 당해 더럽혀진 몸에

스스로 자진할까 하다

되돌려 놓을 수 없는 분노에 통곡한다.

몸뚱이 함부로 다뤄 찢긴 채로

나 몰라라 하며 집 나간 자가

내 책임이라고 나타나

온전한 몸 가진 2세 걱정할까?

노인의 약속

우리 세상 시름
잊고 삽시다.

우리 세상 함께
오순도순
손잡고 갑시다.

우리 이 세상
함께 시작했으니
마무리도 함께 합시다.

앞선 당신
함께 가자더니
서두르라고 재촉하지 마오.

뒤처진 당신
함께 맛집 가자더니
틀니 땜 맛 모른다 하지 마오.

나눌 수 없는 당신
함께 저 세상 가자더니
드러누운 날 보고
인공호흡기 떼라 하지 마오.

애초부터
우리 약속은
지킬 수 없었던 걸

누가 오라 하지 않아도

오라 하지 않아도 찾는 곳은
먹고 살 만한 데다.
물고기들이 거슬러 오르는 곳은
물 좋은 데다.
시민들이 쏟아져 나오는 곳은
꿈이 있는 데다.
누가 오라 하지 않아도
마음대로 찾아오고
누가 떠나라 간섭하여도
빌붙어 머무르는 곳은
꿈이 있는 살 만한 데다.
시민들 발길 소리 듣고
천변 꿈이 자란다.

누가 오라 하지 않아도
꿈이 있는 데는
시민들이 자라는 데다.
버려진 그대로가
손길 발길 닿은 자연보다
누가 아름답다 하겠는가?
시민 자극으로 키운 항체가
헌데 떨어내고 새살 돋도록
안양천에 꿈을 키운다.

누에

내 안 가진 것 많아
눈멀고 귀 멀고
마음 속에 담은 것만큼
게슴츠레 눈 뜨고 보는 내 오만함이
당신의 솜털만큼 가벼웠다.
통 큰 그릇만이
당신의 도량을 짐작하네.
그대여!
그릇의 완성을 위해
입으로 지은 잠실을
못 갖춘 채 용(踊)의 자리 지키는
통 큰 삶이
날갯짓하는 성체의 꿈 접고
스스로 분수를 알고,
널리 세상을 이롭게 하고,
자연의 법칙에 순응할 아는
날갯짓할 수 없는
위대한 성자였네.

닭

태초에 하늘이 열리고
천황 닭이 머리 들고,
지황 닭이 날개를 치고,
인황 닭이 꼬리를 쳐 크게 우니
동방에서 먼동이 트면서
당신은 우주적 질서를 예고했다.

당신의 울음은
어둠과 밝음을 경계하는
새벽을 타고 오는 빛의 전령.
빛의 흐름 타는 두 얼굴.

빛이 오고 가는
질서 세우려는 울음은
부지런한 우리들의
삶의 고난이 비롯됨이고,
염라대왕 찾아가는
강님도령의 출발을 알림이요,
원강암 낭자
종살이를 알려 주는 신호다.

숲에서

성스런 빛으로 태어나

나라님 오심을 알리는 울음은

자연에서 질서 예고하여

계림의 틀을 마련하였구나.

혼돈에서

우리의 짝이 되어

초례상 위 청홍보에 싸인

자우가 격상한 길상천녀.

늘 앞자리에서

조화로운 세상 여는

문화의 알을 낳는다.

대나무꽃

봄비에 순이 돋는다.
추락하는 힘에 절망 묻고
솟는 힘에 희망을 틔운다.

바람이 대숲을 흔들어도
막힘이 없는 터진 길을 따라
굽은 길로 돌아가지 않고
올곧게 하늘로 힘을 뻗는다.

그저 속 빈 놈이 아니라
추락하는 힘에 휘둘림 받고
소용돌이치며 빠져나가는 힘에 맞서
자신을 깎아 내공이 자란 길이다.

진흙 속에 갇혀
강직성 척추염을 앓다
밑동부터 속을 비워 매듭짓고
가을비에 빈 속 여문다.

굽힘이 없는 소갈딱지로
키울수록 가늘어진 소견머리가
바람에 휘둘리지 않고
메말라 가는 자신을 지우고
이웃과 함께 꽃 잔치를 열고
올곧게 희망을 틔운다.

대지

대지 위
공룡이 출현했다.
한 시대 활보하고 다녔다.
대지에 알을 낳고
뼈와 발자국을 퇴적층에 남겼다.
그 퇴적층 위로
있는 그대로의 토양에
살아 있는 힘으로
별이 몽우릴 맺는다.
살아 있는 힘으로
별이 활짝 핀다.
힘이 스스로 다하여
별이 떨어진다.
대지가 통곡한다.

별도 대지의 일부인 것을
별은 힘이 스스로 다하도록
약물을 쓰지 말라고 한다.
때론
영예롭게
타고 남은 재로 생명을 남긴다.
대지 위로 물길이 열렸다.
논밭이 강바닥이 되듯
새 물에게 길을 내어주며
새 생명을 품고 영겁에 산다.
때론
튼튼하고 도도하게
물길 따라 생명을 이어
대지 위를
새 별들이 꿈틀거리며 흘러간다.
별은 역사되어
강물처럼 대지 위로 흘러간다.

벌레 먹은 나뭇잎

벌레 먹은 나뭇잎은

정신 파는 나를 들여다본다.

고슴도치 등짝 같은 세상 안고 산

발자취 돌아보며 가슴 시린 여행 한다.

탐스럽던 잎이 갉힌 것도 이미 과거다.

자리를 내준 것도 이미 과거다.

와해되는 경계에 서서

손 놓고 팔짱 낀다.

선량한 무지의 흔적이 있다.

침투된 공간은 지난날의 자리다.

고작 한 뼘이다.

갉힌 잎에

다짐하는 의식을 치른다.

베르쿠치와 독수리

생명이 숨은 고원
주림 채울 두려움에
숨죽인 생명 움켜쥐러
베르쿠치[15] 길 떠나다.

나의 세계 탐하다가
아귀에 걸려든 독수리
졸면 깨우고 졸면 깨워
천 리 보는 눈 흐려지도록
맞설 야성 굴복시키다.

15) 황량한 몽골 벌판에 사는 소수민족인 카자흐족의 독수리를 부리는 사냥꾼

눈 가리고
잔인토록 성가시게 굴어
우린 하나 되어
휘파람 일성에 팔 박차
조련된 몸짓으로 솟아올라
천리안으로
사냥감 사정권에 두고
하강 가속도로 찰나로 낚아채다.

우린 서로 맞섬이 없이
밑천 먹는 본능으로
생존 법칙을 알고
삶의 원리를 배우고
시련의 혹독함을 익히다.

척추를 잽싸게 휘어잡아

찍고 으스러뜨리는 솜씨는

나의 치르가[16] 손기술.

넌 나로 하여금, 터득했노라.

하나 되어 사는 법을,

자연의 질서에 따르는 법을,

사람을 널리 이롭게 하는 법을,

야성 무딘 널 날려 보내며

베르쿠치 눈물 흘리나

본능적 원리 읽는

우린 동반자.

---

16) 독수리가 사냥감을 정확하게 공격할 수 있도록 하는 교육.

빛과 언어 그리고 시

난 빛 머금으면
모습을 드러내고 살아난다.
어둠이 날 삼키면
흔적 덮고 죽는다.
빛은 날 마음대로 다룬다.

난 빛으로
생명 피워 언어를 낳는다.
뱁새가 수리를 낳듯[17]
시가 세상 만난다.
생명 담은 고운 언어로
막연한 물상
맵시 있게 단장하여
세상 향해
단 하나인 꽃을 번지다.

---

17) 매우 못난 부모에게서 훌륭한 자식이 난 경우를 이르는 말

배지 않은 빛으로
언어를 낳을 수 있을까?
난 세상에 단 하나인
꽃을 찾는다.
언어를 제대로 이해한 적도
진정 사랑한 적도 없지만
어둠이 흔적 덮은 채
시를 만나
생명 담은 빛을 머금고
세상과 소통할
꽃을 피우겠다.

맹세가 시간을 타고 넘어
믿음의 실체로 남아
누군가
날 기억하고 상대할 때
소통이 움튼다.

사랑

사랑은
문명 세계로 가는 힘이요,
행복 나누는 복지다.

사랑은
민낯이요,
여인의 잘록한 허리선처럼
우리 안으로 휘는 선이다.
나누는 몇 끼의 인정으로
고분고분 휘는 선이 아니요,
경쟁과 맞섬에서
긴장으로 직선처럼 팽팽해진 날
우리 안으로 휘도록 나근나근 굽혀 얻은 선이다.

사랑은

함께 지는 짐이다.

까닭 모르게 위태롭거나 미미해지거나

까칠하게 돋은 긴장으로 화석처럼 굳어 갈 때 함께 지는 짐이다.

사랑은

식물 같은 생명의 존엄을 비우고

당신의 까칠한 짐을 받아

숨죽여

문명의 그릇에 담는 것이다.

사랑은

잔혹하다.

처절하다.

독선(獨善)이다.

그런 야생에서

난 뺄셈을 하고 당신은 덧셈을 해도

우리 서로 수지를 맞출 수 있다는 생명의 힘을 믿는 것이다.

사랑은 인간의 최대의 복지이다.

산은 내 맘 듣는 귀가 있다

산은 철 따라
변덕부리는 내 맘 알고
성의 있게 귀 기울인다.

산은
샛바람으로
말라붙은 자의 가슴에
생명이 부풀도록 기 살려내어
마음 흔들어 보고
귀 먹고 눈 먼 날 살려낸다.
산은
설 푸른 빛 머금다가
솔솔바람 싱그럽게 토해내어
짐 져 흔들거리는 자에게
생기 돋는 힘을 주어
칼칼한 가슴 쓸어낸다.

산은

된서리의

피 말리는 혹독한 성가심에

생명이 부대껴

노랗게 변한 몸과

핏빛으로 멍든 애간장을

스스로 추슬러

살신성인하여

남을 위해 살라한다.

산은

된바람이

속살 보여 달라 하면

허울을 벗어던져

알몸 드러내어

스스럼없이 당당하게

온몸으로 참고 견디라 한다.

당신의 너그러움 배워

나도 귀 기울이면

당신은 내 맘 알고 귀를 연다.

산은 내 맘 듣는 귀가 있다.

삶의 꼬리질

격 없는
일상은
누구의 행동을 그림만 그리는 꼬리질이다.
아니꼬운
삶은
고단한 일을 아름다운 이야기로 만드는 꼬리질이다.
부질없는
인생은
서툰 솜씨로 그릇에다 나의 가치를 담는 꼬리질이다.
내
꼴값하고 사는 동안
미련하고 어리석은 행태를 밝혀
참된 이치 찾아가는 가슴 벅찬 꼬리질이다.
내
얼굴값의 참뜻은
세상 겪는 순수한 이야기를 디딤돌로
무관심 도려내고 본바탕 찾아가는 꼬리질이다,

쑥부쟁이

땡볕 속에서
목을 빼고
아무리 흔들어 봐도
흐뭇한 시선이 없습니다.

줄기 타고 끝까지 올라
아름다움 품어
무덤덤한 꽃을 피운다.

산과 들에
천지 빼까리로
꽃으로 자리 잡아
한해 여러 번
투박한 향 길게 늘이어
뭇 사내들의 대가 없는
따뜻한 시선을 기다립니다.

잠시
일생을 뽐내고자 함이 아니라,
수과 얻을 순수를 기다림이다.

오래 바라본 그윽함이
꽃이라는 아름다움을 잊고 산다.

씻김굿 소리

소쩍새는
까마귀 만나기 따라
송림 사이를 거닐며
싱그러운 솔향기 맛본다.

까마귀는
소쩍새 만나기 따라
귀 먹는 소리에
눈으로 주고 가슴으로 받아
솜사탕 머금는다.

소쩍새는
까마귀 벌건 뻥튀기 틀에 단물 넣고
가열하여 튀겨내는 포성에
단맛 잃은 시새움으로
밤마다 이 골 저 골 헤매며
"솥적다 솥적다" 불안한 울음 운다.

까마귀는
소쩍새 단물 넣은 뻥튀기에 이골 난 줄도 모르고
가슴 닫고 가열하여 튀겨진 포성에
새콤매콤 부드러운 새 맛의 시새움으로
날마다 이곳 저곳 떠돌며
까–악 까–악 소쩍새 위협한다.

소쩍새
간 밤 지새우고
떠돌던 혼맞이 하더니
길 닦아 주며
"어휴, 저 귀신 왜 안 잡아가나 몰라."
"육갑떨더라도 밥은 먹고 가야지."
나비가 번데기 허물 벗고 하늘로 날아가듯
씻김굿 소리한다.

아름다웠노라고 말하라

너는
일출을 봤느냐?
빛을 품은 어둠을 만나라.
이어 눈을 크게 떠라
다음 어둠을 내모는 태양을 보라.
그리고
장엄하다고 말하라.

너는
하얀 생명을 봤느냐?
비바람을 만나라.
이어 혹독함을 견뎌라.
다음 생명이 용솟음치는 아름다움을 보라.
그리고
순수했노라고 말하라.

너는
몸뚱이에 내린 소금 맛을 봤느냐?
땀을 흘려라.
이어 일의 참맛도 느껴라.
다음 소금의 짠 맛을 새겨라.
그리고
노동이 소중했노라고 말하라.

너는
일몰을 봤느냐?
빛을 삼키는 어둠을 보라.
이어 눈 감고 빛을 품은 어둠을 보라.
다음
빛을 다루려 말고 담담하게 즐겨라.
그리고
아름다웠노라고 말하라.

아스팔트 위의 지렁이

지하 막장에서
당신만 그리며
하늘의 빛만 좋아했지.

흐리고 비오는 날이면
당신의 온기가 그리워
유성의 빛도 모른 채
어둠 내몰 하늘의 빛을 좇았지.

장마 끝에
지친 몸으로
음습한 기운 떨어내려고
땅속 지렁이
아스팔트 위로 나와
당신 가까운 지상에 드러누웠지.

저 하늘로 가는
날개 돋는 꿈을 꾸다가
구름 삐낀 태양에
난 눈도 채 못 뜨고
몸뚱이가 오그라들었지.

어둠 내몰 빛다발에
감당 못할 세상을 만나
눈 뜨고 볼 수도
촉수로도 느낄 수도 없이
가누지 못하는 몸으로
낯선 아스팔트 위에 갇혀
이 땅 누린 보람이라 여길지?

지렁이 독백한다.

"하늘로 가는 길은
돋지 않는 날개 없이
과연 한발씩 차근차근
사다리로 오르기는 가능할지?"

양통머리 까졌다

내 양통머리 까져
쓰다 남은 찌꺼기가 머릿속을 한 바퀴 돌아서 개수대에 쌓였다.
무엇이든 함부로 잡아먹고
조갈증으로 개수대 구멍으로 소용돌이치듯 빠져들었다.
때론 머릿속을 비켜 우수로로 흘렀다.
눈 없다고 도도하고 불량하게 흘렀다.

내 양통머리 까져
비 오는 날이나 굳은 날이나 한밤에
머릿속을 한 바퀴 돌아서 몰래 어두운 길을 거쳐
떳떳한 자에 묻어 세상 밖으로 나온다.
무엇이든 함부로 잡아먹고
앙큼하게 태연히 껴묻어 간다.
한번 우수로 세탁했어도 시궁창을 돌아 나와 껴묻어 간다.

내 양통머리 다 까질까봐

유리알 같은 양통머리를 거처 깔끔한 이웃에 껴묻어 가겠다.

반기는 이웃들을 따라 길을 떠나겠다.

떳떳한 자에 묻어 세상 밖으로 당당하게 나오겠다.

까진 양통머리를 유리알 같이 투명하게 설거지 해내고

내 누림 만족하며 떳떳이 세상 밖으로 나오겠다.

어매 이름은 윤한

울 어매 세상 나온 후
돌림자 따라
'윤한'이라고 불리었다.
꽃이 수없이 피고 져도
나는 말문 열릴 때부터 어매라 불렀다.
아베는 여보
사촌들은 작은 어머니
큰 어머닌 새댁이라
나뭇잎이 수없이 푸르고 말라가면서
내 새끼들은 할매
아내는 시어머니이라 부르신다.
쪼그라진 어매는 이름이 없다.
여전히 우리 원하는 대로 부른다.
'복실이' 털갈이 수없이 하며
'복실이'도 가족으로 함께 살았다.

강아지가 개로 살아도

그 '복실이' 입맛대로 거두며

가족들은 처음부터 '복실이'라 부른다.

울 어매 우릴 떠난 후에도

소용하는 대로 당신을 써 먹고도

여전히 난 어매

전 같이 아베는 여보라 낙인찍으니

하나뿐인 알갱이는 빼버리고

소용없는 껍데기로 남는다.

연리지(連理枝)

견우직녀 만나는 날 밤

하늘을 나는 새가 될까?
바다를 헤엄치는 물고기가 될까?
사나운 비바람에
날개 꺾여 꿈을 접고
한 눈 팔아 뒹굴다 부딪혀
속살 들이댄 처지라
눈이 되고 날개가 되어
비익조가 되길 약속했네.

흘리는 눈물에 상처 덧날까?
깍지 손 끼고 온전한 몸 지켜내려
미움과 박함으로
깎이고 꺾인 몸 맞댄 채
개똥밭에 굴러도 이 자리가 좋아
사랑과 후함으로
이 땅의 연리지가 되길 원하였네.

해진 살 다 덮지 못한 채
서로 온몸으로 배려하니
결(理) 따라 정이 통하여
기약 없이 한 몸 되었네.

견우직녀 긴 이별 있는 날

하늘과 땅도 다할 때 있건만
외눈박이 물고기처럼
짝짓지 않으면 헤엄칠 수 없는
마음 둘 몸 하나로 남아
오도 가도 못하는 한 되어
끝없이 개똥밭을 뒹굴 줄이야.

오얏나무

오얏남게 왜 자두가 열리는지?
비밀이 궁금한 나무가 아부지 계신 집뜰에 있다.

아부지 얻은 음력 삼월 초닷새
할매 배 아파 하던 날
문밖에
하이얀 솜털구름 강보에 깔방얼라사슴이 싸여
봄 하늘이 어르며 떠가는 모습을 보았다고 한다.
너무나 황홀했다 한다.

아부지 생신으로 고향 찾아
문 앞 들어서자
눈 시린 꽃빛이 너른하던[18] 날
난 할매 보았다는 봄 하늘의 축복 보았네
이화(李花) 둥둥
이화(李花) 둥둥
새털구름 강보 씌운 백록빛 깔방얼라
이리 저리 둥둥 뛰어다니니

18) 꽃이 활짝 피거나 화려한 광채가 넘쳐 흐르다. 또는, 꽃이 많이 흩어져 성하다.

울렁울렁 두둥둥
울렁울렁 두둥둥
계절 무딘 내 가슴조차 솟구치더니
백록빛인가 해서 다가서니
딸아이 볼살 같은 보드라운 백옥빛이라네.

"니 성(姓)이 뭐로?" 현동 어르신 물음에
햇병아리 수탉 같은 녀석이
"오얏 李갑니다." 대답하니,
"오얏 李가 아니라 아무개 이가야"라고
일깨워 주시던 말씀에
녀석 얼굴이 자두빛이 되듯이
오얏이 볼그닥닥 아부지 집뜰에 열린다.

아부지 뵙던 어느 여름날
내 아내 군침 삼키던 자두가 영글었다.
긴거꿀달걀꼴 날카로운 작은 톱니귀가 달린 잎 사이로
탱글탱글 살 오른 오얏은
딸아이 서툰 화장 솜씨처럼
발그레한 볼살에
희끗희끗 달라붙은 분가루가
상큼한 입맛 불러낸다.

지난 설 초하루부터
오얏나무 가지에 돌 끼워 넣으며 시집보낸다[19]시며
한 해의 풍년을 점치기에 아주 좋은 나무라 하셨네.
아부지 자손 돌보는 정성으로
드름드름[20] 영근 보람이었음을 알았네.

---

19) 《동국세시기(東國歲時記)》에 "과일나무 가지에 돌을 끼워두면 과일이 많이 달린다. 이를
   '과일나무 시집보내기(嫁樹)'라 한다. 섣달 그믐날, 설날, 정월 보름 어느 때 해도 좋다."고
   적었다. 오얏, 대추나무 시집보내기에 대한 내용이다.
20) [부사][옛말] '주렁주렁'의 옛말.

찾아오는 당신 자손 위해 공들여 시집보낼 때부터
진작에 알 수 있듯
바라보는 것만으로도 우린 배부를 만큼 흐뭇했다.

오랜만에 가족들 종종걸음으로 찾은 아부지 생신날
李家 나무라는 것을 일깨워주던 오얏나무는
아부지 집뜰에는 없었다.
새털구름강보 씌운 백록빛 깔방얼라²¹⁾도 볼 수 없었다.
난 오금이 꺾였다.
가슴은 휑하니 온기를 잃었다.
수탉 같은 아들 녀석 하는 말이
"할배요, 왜 오얏남글 삭둑 잘랐어요?"
"길가에 있는 오얏은 쓰다(道傍苦李)²²⁾"고 하셨다.
'손부리가 영글던 울 아부지 예전만 못한 손놀림으로
지난겨울 오얏나무를 찍으며 벌리(伐李)하던 날'
아부지 맘 어떠했을꼬?
대문니 처음 뽑아내고 뒷감당 안 되던 심정이었을까?

<hr>

21) 갓난아기의 경북 사투리
22) 모두가 버리는 것은 나름대로의 이유가 있다.

벽

내 식대로 살 수 있다고
벗을 해할 수 있다는 것도 모르면서
안에 벽을 쌓는다.

어떤 공격도 막아낼,
벗도 볼 수 없는 벽을 쌓는다.
'결과만 좋으면 되지. 양심 좀 속이면 어때?'
'너 자신에게 엄격하다고 세상 달라지나?'
내 선택을 무조건으로 신뢰하며,

'명품은 역시 품질이 좋아.'
'일류대학 나오면 뭔가 남달라.'
내 판단을 무조건으로 확신하며,
벗을 두고 철옹성에 날 숨긴다.

벗은 밖에 덕성을 쌓으나
나는 안에 야성을 쌓는다.
벗들은 질식할 것 같다고
날 염려한다.
어떻게 숨 쉬고 살 수 있는지,

급기야
벗은, 날 외면한다.
벗이 입을 다물지도 모르는데,
질식할 것 같은 벽에 갇혀 버둥거리는
난 바보가 아니라고 우긴다.

단단한 철옹성 속에
갇혀 버둥거리는 나보다
벗이 먼저 질식한다.

벗이 입을 닫고 질식할 때
내 식대로 숨 쉴 수 없어
난 벽에 걸려 버둥거린다.

용광로로 가는 돌

거적도 덮지 못한 채
새벽 맞으려 긴 밤 지새우다
이슬 맞고 산화물로 스러진다.

소소리바람 부는 날
등 붙일 구들장 간절해도
온 몸이 마디마디 땡강거린다.

뙤약볕이 내리쬐는 복중에도
수박 한 조각 입에 넣지 못하고
한 바탕 열병 앓은 자처럼
길가에 너부러져 헐떡거린다.

이슬에
소소리바람에
뙤약볕에
어느 자리도 지키지 못할 바에야
차라리
용광로로 가는 돌이 되어
물정 아는 쇠가 되고 싶다.

오금에 돌개바람 불어 넣어
그나마 물바람 부는 때를 기다려
바깥 체온 지킬 물옷 입는다.
머물 자리도 모르다가
고열로 불순함 다스리고
정신 추슬러
알맞은 층위에 눕는다.

난
머물 자리 찾아
쇠로 남을 돌을 태운다.
이웃들의 그윽한 눈길 닿는
물정 아는 쇠가 되고 싶다.

닮을 걸 닮아야지

반계 같은 짧은 다리
팥 심은 데 팥 나는 법칙 탓에
새끼들 다리도 나의 정체 밝힌다.
신뢰 깨어져
가슴에 무거운 돌을 얹고
난 냉가슴으로 장애 얻는다.

"닮을 걸 닮아야지"

뒷날
무서움 씻으려
비나이다. 비나이다.
삼신할미께 비나이다.
힘 부치면
외갓집 주자들과 바꿔 달리며
신비로운 경기를 이어갈 수 있도록
삼신할미께 비나이다.

즐거운 마음으로 마신 약주가

술이 불러 술을 키우는 술도깨비[23]

아내 가슴에 무거운 돌 키워

분노에 오열하니 '도깨비 사귄 셈'이라[24]

"닮을 걸 닮아야지"

울 어매

불치의 병으로 화장장 간 이후로

딸년

무서운 하늘의 형벌로

아비 가슴에다 주먹 만한 돌을 얹어놓고

널도깨비가 생도깨비를 잡아가듯[25]

먼저 잡혀가니 '도깨비 사귄 셈'이라

"닮을 걸 닮아야지"

23) '주정꾼'을 속되게 이르는 말.

24) 귀찮은 자가 조금도 곁을 떠나지 않고 늘 따라다니는 경우를 비유적으로 이르는 말.

25) 관에 들어갈 정도로 골골 앓는 사람은 죽지 않고 오히려 건강한 사람이 먼저 죽었을 경우
를 이르는 말.

누리꾼의 풍경

헐~

가상의 바다에 누리꾼이 돌아다닌다.

흘러 떠도는 지식이나 상태의 총량을 노린다.

무엇이 가치 있고 쓸 만한 놈인지

가상에서 분간할 수 없다.

내가 낯선 남과 만나 서로 주고 받아친다.

관계를 맺고 유대하자

수월하게 쌍방향으로 소통한다.

누리꾼들이 가상 세계를 돌아다닌다.

막말을 한다.

폭력적이고 낯설다.

대면할 가능성이 없어 손톱만큼도 뒤탈이 없을 거라 여긴다.

그들은 자신만의 문화를 낳는다.

누리꾼들이 가상 세계를 돌아다닌다.

알 수 없는 말만 지껄인다.

정겹고 낯설다.

누리꾼 따라 나도 흉내를 낸다.

흉내 서툴면 이 시대에 낙오될까?

사실 표정이나 음조로 나의 감정 드러낼 수 없어

꺾쇠 – 하이픈 – 꺾쇠 (^–^) 이모티콘으로

' '하는 말에 ' ' ㅋㄷㅋㄷ 하는데

암호로 외계와 소통하면 편리하고 경제적이다는~

ㅋ1ㅋ와 같은 언어유희로 이른바 민지체를 즐긴다.

욕설과 비속어로 무장하고

그들의 해방을 위해 거칠게 떠돌고 있다.

' '26)와 ' '27) 유대를 위해 샤방샤방28) 그들끼리 소통한다.

알 수 없는 말만 지껄인다.

정겹고 낯설다.

그들은 자유롭고 새로운 것을 꿈꾼다.

재미를 느끼고 즐거워한다.

우리말을 깨부숴 여러 갈래 풍성풍성하게 만든다.

떠돌던 가상공간에서 일상 속으로 구출해낸다.

때론 막말을 한다. 폭력적이고 낯설다.

어느새 나도 그들 따라 가상 세계를 떠돌아다닌다.

헐~

---

26) 화자 자신 (1인칭대명사)
27) 다른 사람 (2인칭대명사)
28) 눈부시게 예쁘고 화려한 모습.

민들레야, 일촌단심으로

바람에 갓털 날리듯
마음 붙일 곳 찾아
난 이리저리 날려 다닌다.
그대를 만나기만 한다면
언죽번죽
등대고 땅바닥에 누웠다가
이글거리는 붉은 태양을 그린다.
어쩌다 그대는
비가 오거나 날이 흐리면
제대로 펴지 못하고 움츠려
등대고 누울 자리 못 찾고
싹수도 없이
열정 붙인 꽃을 피우지 않을세라.

솜털 같은 갓털이

적당한 곳에 도달할 때까지

옴짝달싹 않도록 날 잡아두고

생명 붙일 꽃가루받이에 떨어져

훗날 거둘 열매를 위해

당신에게 날 던져

나 살고

그대도 살아날

묘약을 먹인다.

민들레야, 일촌단심으로

등대고 땅바닥 가까이 누웠다가

우리

싹이 나고

꽃이 필 수 있도록

이글거리는 붉은 태양을 향해

다시 고개를 쳐들자.

종이

나는 시시콜콜 환을 친다.
맑고 하얀 피부에다 생채기를 낸다.
거칠고 삭막한 성깔로 피부를 함부로 유린한다.
좋은 피부는 나무를 먹는다.
생리대 같이 뽀송뽀송한 피부는 표백제를 먹는다.
화장지는 얼룩진 피부 훔쳐내고 표백제를 실컷 먹는다.
좋은 피부는 나무를 먹고 나무는 숲을 삼킨다.
비바람은 이 땅을 거칠고 삭막한 자로 키운다.
망나니 같은 자들이 놀던 곳은 새들도 떠난다.

백설기 같이 하얀 피부가 좋아
곁에 두고 함부로 비비대고 살아가나
믿는 도끼가 될지도 모른다.
내가 흰 피부를 아끼고
흰 피부가 내 생명을 키울 때
내 그대 곁에 설 수 있다.
생명 담은 푸른 피부를
창백하게 표백시켜
생채기를 내지 않고
내 그대 곁에 설 수 있을까?

주목 : 화광동진(和光同塵)²⁹⁾

어느 봄날

노천에 좁쌀로 떨어져

세대윤회하며 홀로 살았다.

굳이 꽃피진 못해도

하늘에 기죽지 않아

벌레도 감히 가까이 못했네.

하늘 향해 곧추서서

가지치기를 않고

지혜의 빛을 늦추고

우리와 함께하니

가까이 할 수도 없고,

그렇다고 멀어지지도 않네.

---

29) 화광동진(和光同塵):《노자(老子)》에 나오는 구절로, 자기의 지혜와 덕을 밖으로 드러내
지 않고 속인과 어울려 지내면서 참된 자아를 보여준다.
　　"知者不言 言者不知 塞其兌 閉其門 挫其銳 解其紛 和其光 同其塵 是謂玄同 故不可得
而親 不可得而疏 不可得而利 不可得而害 不可得而貴 不可得而賤 故爲天下貴."
　　"아는 사람은 말하지 않고, 말하는 사람은 알지 못한다. 그 이목구비를 막고 그 문을 닫
아서, 날카로운 기운을 꺾고, 혼란함을 풀고, '지혜의 빛을 늦추고[和其光]', '속세의 티끌
과 함께하니[同其塵]', 이것을 현동(玄同)이라고 말한다. 그러므로 친해질 수도 없고, 소
원해지지도 않는다. 이롭게 하지도 않으며, 해롭게도 하지 못한다. 귀하게도 할 수 없으
며, 천하게 할 수도 없다. 그러므로 천하에 귀한 것이 된다."

사방으로 손길 뻗어

이롭게 하지도 않고,

해롭게 하지도 못하네.

바람과 비의 흔들림에도

빛으로 덕을 쌓고

된서리의 휘둘림에도

몸 닦아 날카로움 꺾이었네.

천 년의 빛으로 쌓은

훈장 같은 비늘껍질이

숲의 빛 되어

앎에 대하여 말하지 않았네.

공훈으로 붙인 비늘껍질 벗고도

살았는지 죽었는지 모르게

전설의 영웅으로 살아나

후세에 아름다운 이름 남기고

티끌과 하나 되어

천 년 세월 숲을 끌어안고

재주와 슬기를 숨기고

우리와 하나로 남는구나.

천둥소리

남 생각하지 않고
내 맘대로 막 살아
하늘의 노기가 마구 뿌린다.
영문도 모르고
버럭
날벼락 치듯 소리 내린다.
헝클어진 실타래 끊어내듯 버럭 소리에
도사린 신경 뒤죽박죽되어
난 방치된 실타래를 풀지 못한다.
천둥 같은 야멸친 언어로
서로 맞부딪혀 엉킨다.

삶의 요리는 천둥소리가 아닌데…

입가의 미소가

채찍질보다 부드럽다는 걸

침묵의 천둥소리가

곤두선 신경에 큰 울림이 된다는 걸

스스로 눈 뜨지 못하고 어둠에 갇혔다.

장님이 한 줄기 빛을 꿈꾸듯이

천둥의 노기가

침묵의 큰 울림으로

내 안에 부처를 얻는다.

친구야

친구야!
보이지 않아도
내 눈 속으로 너가 온다.
친구야!
멀리 있어도
따뜻한 너 가슴 속으로 내가 간다.

오랫동안
맨살 부비며 훤히 알아낸
내게 준 널 사로잡아 끄는 힘에
가슴 패인 길을 따라
높고도 먼 곳인데도
지침 없이
오늘도 찾아간다.

친구야!
언제나 불러보는
가슴 옥죄어 오는 소리가 아리다.

친구야!
뜸한 시간 후에는
울 사이에 오가는 아린 가슴길이
무심하여 매워질 법도 한데
마음 호리는 술법에 걸러
험하고도 먼 길이라도
어김없이
오늘도 가보고 싶다.

통성명

난 당신이 내게 통성명 전엔
당신과 관계가 끊어져
사람답지 못하여
서먹했다.

세상에 던져져 깨어난 당신을 묘,
검은 털을 벗지 못한 당신을 의자(蟻子),
세 번째 잠자는 당신은 삼유(三幼),
사칠 일 된 그대를 잠노(蠶老),
늙은 당신을 홍잠(紅蠶),
탈바꿈한 몸뚱어리를 용(踊),
어른 된 그대를 아(蛾),
二筍 동안 단식하며 내뱉은 실 같은 거품을 견(繭),
뒤처리한 산물을 잠사(蠶砂)라 불렀다.

당신이 내게 이름을 드러낸 후엔
당신에게 날 맡길 수 있어
사람 냄새가 나더니
따뜻했다.

판박이

할배 뒷머리가 쌍가마이더니
녀석 뒤통수에 판박이 한 쌍
정체성이 확인되는 듯 아비[30]

왼손에 수저 잡은 모습에
"우리 예법이 아니다"
아베의 가르침에
회초리가 왼손에 잡혀 있음이
놀라워!

---

30) 능청맞고 변덕이 심한 아비라는 뜻. 도깨비

술로 마음 넉넉해지면
너스레웃음 피우고
나 따라
술 따라
강남 가는,
녀석의 눈시울에 흰 눈 내려앉을 듯
아내의 검고 기름한 속눈썹을 뒤좇아
바통 터치한 신비에 감탄하고
콩 심은데 콩 나는 법칙으로
신뢰담긴 무늬 번진다.

비나이다. 비나이다.
천지신명께 비나이다.
친가와 외가 한 조 되어
바통 안전하게 넘길 수 있도록,

풍산 벌 이야기

강둑 따라 거닐면
야물고 둥글며 시원한 맛 나는,
알싸한 풍산 무 같은
두텁고 속 찬 구수한 배추 같은
이야기를 영상 보듯 만난다.

황토 삼킨 벌판이
늦사리[31]로 몸값 키우더니
아구 같은 아가리가 귀에 걸려
양반탈 쓰고 표정단속 할 때,
깊은 자리에 차려놓은 농사에
건질 것 없는 사람들은
하늘을 원망했다.
이듬해 점치는 사람들은
모두 한입으로 큰물 은혜로
어거리풍년[32] 들 거라 했다.

---

31) 철 늦게 농작물을 거두는 일. 또는 그 농작물
32) 드물게 보는 큰 풍년

거북이 잔등 같은 논바닥에
덩달아 입술 타던 사람들은
두레박에 생명수 한 모금 매달아
끄나풀 잡고 심한 열병 앓던
기색이 오히려 부러워
물 한 모금 못 축이던
복대기땅 가진 사람들은 하늘을 원망했다.
강변 바닥에 장터열고
하늘에 매달린 목마름으로
기우하며 숭배하던 마음은 하나였다.

사방공사로 강둑 얻고
바둑판같이 반듯한 농로 열리더니
씨줄 날줄 엮이듯 사통팔달 엮어졌네.

지난날 거슬러 들판 바라보자
난 추억 먹고 포만감 느낄 때
들판만 허공 밑으로 주저앉는다.
강물이 흐르듯 풍산 벌의 이야기도
영상으로 아른아른 흐른다.

풍암서원(豊巖書院)을 찾아서

영조께서 내리신 청헌 초상화에
원손이 쓴 '구십 세상'이
예 풍암의 그림자 단구 등성이에 살아나네.

삼순에 아홉 끼니의 즐거움 잊고
녹두 한 꼬투리 따 먹으려다
그만 두 꼬투리 땄네.
그 자리에서
삼베적삼 실 한 오리 뽑아내어
꼬투리를 나무에 단박 매달았네.
구십 연광 잡고 오른 사다리 위에
감발 길이면 발을 놓지 않으셨고
오르다 외여디디어도 미끄러짐이 없이
백 척 사다리를 오르며 살았네.
당신을 속이지 않으려고
한 계단도 놓치지 않고 연광 붙잡았네.
사다리를 오르며 닦은 위기지학의 길에
쌀 바리 내어주시면 모두 이웃들 거라 하네.

젊은 날 대과에 꿈을 이루고서도
시강에서 아무도 모르는 일자를 잘못 읽어 두고
하늘과 땅이 아는 일이라고
좌중 시관을 놀라게 하시더니
당신은 스스로 닦고 실천하여 끝내 물러나셨네.
원손의 '구십 화상'의 화제는 사라지고
단구에 '어필영정각'만 덩그렇게 남아
유림들 바라보는 거울로 살아났네.
하늘이 시키는 대로 살아온 도리도
가슴에서 저절로 우러나오는 덕행도
풍암에서 평소 길들여진 대로 행해도
뭇사람들에게 행하는 것은 서툴기만 하네.
화상 속에 풍암의 그림자만 남고
당신의 구십 세상을 허물어버리고
문묘의 혈식군자 진실로 사라졌네.

대원군 호령에 문종사의 휘둘림으로
풍암에 청헌의 그림자만 가슴에 어리네.

함부로 사랑한다 말하지 말라

인권법 날개 달고
날뛰는 아이들더러
함부로 사랑한다고 말하지 말라.
교권 실린 시행령 효력 믿고
민주적 절차 모르는 아이들더러
함부로 사랑할 수 있다고 말하지 말라.
인권 교권 어느 장단에도
신명나게 춤을 출 수 없다면
진정 아이들을 사랑한다고
함부로 말하지 말라.
"어이 학생 담뱃불 꺼." 하는 말에
담배 집어 던지며 발로 비벼 끄며
"에이 씨~"
거친 표현 내뱉는다.
"너 뭐라 했어"
언성 높인다.
"어쩌라고요?"
강압하지 말라며 항의한다.

"어디 한번 때려 봐요."

학생들 폰 카메라 들이댄다.

"너 학생 맞아?"

눈을 지그시 눈감으며 심호흡한다.

"어쩌라고요?"

럭비공처럼 튀는 언어로

함부로 욕되게 대하지 말라 한다.

놀란 새끼와 한숨짓는 마누라

눈에 어른거린다.

지금 학교에선

정신과 진료를 받을 사람은

나뿐인가 생각해 본다.

지금의 나의 신경과민이

이 땅의 신경증인가?

이 땅의 아이들의 아버님 어머님들이시어!

"선생님 사랑해요?"

함부로

사랑한다고 말하지 마시오.

내가 알을 따뜻이 품을 수 있도록

내버려 두세요.

해 그림자 속에서

해 그림자 속에서
풋잠을 자도
단잠을 잔 듯하고
내 가슴에
낮달이 뜨네.
달그림자 속에서
긴긴 겨울밤에 잠을 청하여도
토끼잠을 잔 듯하니
내 가슴에
갈고리 같은 그믐달이 뜨네.
날 바라보는 세상 사람들은
흐린 낮달보다는
새벽하늘에 나 바라보는
초롱초롱한 그믐달이 낫다고 하네.
난 힘겹게 지구를 받쳐 들고 있는데
날 바라보는 세상 사람들은
새벽하늘 아래
갈고리 같은 그믐달 지우며
물구나무 서 있다 하네.

행복공사

나는 감정공사 중

감정은 신호다.
소리는 숨겨도 냄새가 먼저 안다.
화는 삼켜도 화색이 미리 신호한다.
분노를 덮어도 몸이 말한다.
소통이라는 이름으로 입을 막지 말라.
감정이라는 이름으로 귀를 닫지 말라.
포커페이스로 감정을 혹사시키지 말라.
외면하려다 금이 가는 몸을 보라.
물이 방울방울 물병에 차오르듯
치미는 분노를 덮어 상하지 말고,
신호하면 가볍게 포옹하라.

우리는 감정보수 중

나와 너를 이어주는 것은
서로의 감정을 보수하는 일
인간적 도리로 담장을 치지 말고
혹사된 몸을 부드럽게 마사지하라.
발전할 소통의 길을 찾아
칭찬의 부메랑을 던져라.
먼저 건강을 점검하라
이어 이웃과 고리가 끊어질까를 염려하라.
다음 나의 목표가 흔들리는지를 체크하라.
그리고
칭찬의 부메랑을 던져
내가 행복한가를 확인하라.

지금 나는 행복공사 중

화초머리[33]

배짱만 믿고
낯선 사람 향해
알몸으로 다가선다.

콧김 소리가 파닥거린다.
숨결이 바르르 거칠어진다.
코가 마르며 온 몸이 열병이 난다.
술렁거리는 두려움이
방망이질해대는 바람에
난 괴난시리 왜장질한다.[34]
뒤숭숭해진 가슴을 쓸어내니
어깨가 안으로 쏠리며
기운이 아랫배로 몰리면서
괄약근이 조여진다.
자꾸
엄지발가락에 힘만 들어간다.

---

33) 기생이나 창기가 첫 경험을 하고 없는 머리
34) (순우리말)왜장질 : 맞대어 말하지 않고 괜스레 큰소리로 떠드는 짓.

맘은
동으로 서로
구름 위를 살랑거리며
헛다리짚으며 내닫는다.

산만큼
나이테는 쌓여 가는데
기예 익힐 겨를 없어
창기로서 내친걸음에
화초머리 얹지 못할까 안달하다
가쁜 숨 고른다.

첫 경험
아픔과 두려움의 크기가 얼만큼인지 알 수 없는 채
물정 모르는 아이 떼쓰듯
난 화초머릴 얹을 궁리만 한다.

겨우
가슴이 품은 날개짓이 잘파닥하다가
몸이 고요해진다.

세월

일어나 일터로 가라.
분주히 움직이라.
밥 잘 챙겨 먹어라.
손발 닦고 푹 쉬라
재촉한다.

어린이도 늙은이도
병든 이도 성한 이도
부지런히 앞으로만 가라.
뒷걸음질 말라 한다.

녀석 내 자리 서겠다고 떼쓰고
난 아버지 자리 내어 달라 한다.
깝친다고 거절도 못하고
녀석 키운 건 당신이고
애비 살라먹는 것도 당신이라며
벼랑 끝으로 내몬다.

굼뜨고 서툰 사랑 법을 예찬이라니?

질투가리 같은 본새
위안이 되었다면 동의할까?
한 템포 느리게 자탁하는[35] 말본새
굼뜨고 서툰 사랑 법을 예찬이라니?

작아지는 나를
애써 크게 보았거나
곡두[36]를 봤을 것이라.
당신의 소담스런 가슴에서 토해 내는
애틋하고 절실한 음률을 외면함이 아니라
서툴고 굼뜬 본새로
스스로 색깔을 바꾸지 못해
음률을 타고 넘을 수 없음을 탓하노라.
굼뜨고 서툰 사랑 법을 예찬이라니?

---

35) 다른 구실을 내세워 핑계를 댐
36) [명사] =환영(幻影) .【〈 곡도≪석보상절(1447)≫】

내 속엔 색깔이 너무도 단단해
내 속엔 가시가 너무도 섬뜩해
당신이 편히 머무를 곳 없네.
내 본새를 허물어 버리지 못해
당신의 아담한 가슴에서 토해 내는
음률을 타고 놀 수 없음을 탓하노라.
질투가리 같은 거친 사랑법을 감싸 예찬이라니?

꿀벌 사라진 이야기

일벌이 여왕벌을 봉양 않고 달아난다.
제 할일을 무언지 모른다.
꿀벌이 치매를 앓고 있다.
집을 나서 어디론가 떠돈다.
누군가는
우리들이 휘두른 전자파에 얻어맞아
밀원지 찾아 나섰다가 돌아오지 못한다고 한다.

평소 털어내고 치우고 닦고
여왕 위해 몸 바쳐 일하지만
정(淨)한 집이 더럽혀지면
온 몸으로 쓸어낸다.
떠날 때도 스스로 동료 위해 바깥에서 자진한다.
본디 티끌도 가까이 않고
풀섶 이슬 먹고 사느니라.

내 살겠다고
내 몫 빼앗는다고
학대하는 바람에
이웃 풀섶들은 영문도 모른 채
시름시름 사라졌다.
누군가는
우리들의 무분별한 행태로
꿀벌도 덩달아 떠난다고 한다.

깨끗함을 즐겨하던 그들은
등위에 응애를 달고 다니더니
언제부턴가 등 구멍 나
어느 날 세상을 등졌다 한다.
입맛대로 범하고 만 터전도
더 이상 안전하지 않다고 한다.
누군가는
우리들의 분별없는 학대로
함께 집을 떠났다고 한다.
언젠가
우리들도 덩달아 떠날 거라 한다.

낟알은 남이 털어 가고

정지 부뚜막에서
마당 한 켠으로
비켜 앉은 무쇠 솥
해마다 피눈물이 야금야금 묻어난다.

낟알은 남이 털어 가고
솥 밑동에
짚북데기 같은 마른 가슴 태워
상일꾼 구듭[37]에
삼시 세 때 휴일도 없이
아플 수도 없으니
아궁이에 불 고로롱거리듯
고롱고롱 열병 앓는다.

---

37) 귀찮고 힘든 남의 뒤치다꺼리.

낟알은 남이 털어 가고
솥 밑동에
짚북데기 같은 세월 태워
백초상 달라붙듯
검버섯이 소드락질하니
아궁이에 불 골골거리듯
어매 골병 앓고 골골댄다.

아궁이 재만 남기고
어매 연기처럼 하늘로 사라지고
단말마적 흔적 갈무리한 채
무쇠솥 유물로 남아
눈시울에 속 졸인 물이 번지듯
해마다 피눈물이 염념으로 묻어난다.

길

길은 집을 나선다.

길은 심장에서 말초신경이 살 수 있는 실핏줄 찾아 집을 나선다.

길은 황금 두꺼비 잡으려 집을 나선다.

길은 거미줄 친 텅 빈 폐가에 거미줄 걷고 사람 사는 온기 채우기기 위해 집을 나선다.

길은 신문지 한 장 크기의 으쓱한 이야기 담으러 집 나선다.

길은 아름다운 꿈을 담으러 집을 나선다.

길은 꿈이 아닌 끈 없는 허공에 매달려 버둥거리며 현실을 밟고 간다.

처음 가는 길은 사람이 없고 삭막하고 외롭다.

밟지 않은 길은 거칠고 사람을 멀리 한다.

그러나 내가 밟고 가면 남이 따라 밟아 소통된다.

길은 현실을 밟고 간 이야기 닦아 담는다.

배다 만 황금알을 깔아놓고 밟고 가는 길은 생명이 위태롭다.

삭막한 길을 거쳐 외로운 길을 돌아 생명 찾아 떠나는 이들은 낯선 세상 만난다.

길은 낯선 세상과 만나 아름다운 현실을 이루려 집을 나선다.

모든 길은 집을 나선다.

길은 집으로 간다.

길은 아름다운 현실을 만나고 그리운 이가 있는 집으로 간다.

길은 폐가에 거미줄 걷고 사람 사는 온기 있는 집으로 간다.

길은 꿈이 아닌 끈 없는 허공에 매달려 버둥거리며 아름다운 현실의 이야기를 담아 집으로 간다.

길은 청사에 길이 빛날 신문 기사 싣고 집으로 간다.

길은 외롭고 지친 자가 새끼 낳을 수 있는 황금알을 안고 집으로 간다.

길은 내 몸의 핏줄 같이 먼 곳을 돌아 깨끗한 피로 걸러주는 심장처럼 지치고 소외된 이웃과 함께 위로 받을 수 있는 집으로 간다.

집으로 가는 길은 소견이 트였다.

소견이 트인 정비된 길은 따뜻한 이웃의 배려로 집으로 간다.

길은 낯선 세상과 만나 공고해진 현실을 밟고 집으로 간다.

길은 집을 만난다.

모든 길은 집으로 간다.

나에게 힘이 된다면

나에게 위협이 된다면
비둘기라도 용서할 수 없다.
나에게 힘이 된다면
전쟁이라도 마다하지 않겠다.
나에게 위협이 된다면
성화라도 용서할 수 없다.
나에게 힘이 된다면
불이라도 훔쳐 되돌려주겠다.
나에게 위협이 된다면
소라도 용서할 수 없다.
나에게 힘이 된다면
바람 앞의 촛불의 힘이라도 좋다.
나에게 위협이 된다면
닭이라도 용서할 수 없다.

나에게 힘이 된다면
돈이라도 살 처분 하겠다.
나에게 위협이 된다면
내 살아남기 위해
온몸으로 용서할 수 없다.
위협은
밖에서 안으로 위에서 아래로
나를 누르지만
힘은
안에서 밖으로 밑에서 위로
나를 솟구친다.
나에게 힘이 된다면
내 살아남기 위해
온몸을 던져버리겠다.

누에

머리를 들고 꼼짝 않고
먹고 자고
닷째나 잠을 청하는 것은
당신의 허물을 벗어 던져
알몸 가릴 세상 열기 위함이다.
왜소증으로 세상 밖 나와
먹고 자고
이순(二筍) 동안
단식하며 어린 티를 벗고,
삼 일 만에
주둥이 덕을 입어
큰 세상 살아갈 집 한 간 지어낸다.

홀로 운명을 가눌 수 없어
손길 주고 우린 당신을 훔쳤네.
기꺼이 통째로 우리에게 바칠
'먹고 자는' 통 큰 삶으로
동방에서 서방으로 비단길 열고,
뒤처리한 부산물로 양식을 주고,
고개 숙인 자들에게 힘을 주네.
'먹고 자고'
분수 알고 고렇게 살아도
큰 세상 열리는구나!

담배고자리

난
무슨 일이 했는지도
모른 채
담배고자리로 자라
억지로 마지못해
연기 빤다.

분수 모르고
자기를 괴롭히고 가혹하게 해대며
날 비굴하게 만들더니
결국 남 해코지 해대며
이웃까지 위협했다.

곡기는 끊어도
너만 굶을 수 없어
타는 맘으로 알뜰하게 맛 담아
한바탕 긴 한숨에
머리 풀고 하늘로 간다.

흉기보다 더 무서운

관성으로

겁 없이 덤비는 골초들

자신도,

이웃도 모르는

병 주고 약 주며

간 큰 얼간이 만들더니

폭력자가 웬 말이냐?

넌

무슨 일이 했는지 아는가?

당달봉사

난 어둠 속에 산다.

얼굴에서 꽃을 보게 하는,
팔뚝에서 신록의 싱그러움을 얻는,
옷깃에 죽음 부르는 된서리의 서슬이 서려 있는,
가슴에 내린 흰 눈이 나를 긴장시키게 하는,
빛의 조화가 열려 있다는 걸
그릴 줄 모르는 날 보며
코웃음 지으며 혀를 찬다.

빛 없이도
사물을 분간하는 당신보다
난 눈만 밑천으로 삼고 빛을 보고도
사계의 조화를 분간 못하는
감각 무딘 반신불수자다.

발버둥질해도 몸 따로 맘 따로
진정 세상을 사는 것은
함께 먹고 자며 세상과 부비고 뒹굴며
속살 같은 얘기 나누면서
구린내 나는 체취를 맛보는 것이다.

당달봉사는
눈 없이도 세상과 부비고 뒹굴며
당신 체취 느낄 수 있는 감각 키우며
푸른 하늘을 알고 사는 것이다.

새벽 빛 당도할 때까지
오늘도 발버둥질한다.
한여름 땡볕에
흘리는 땀과 마디 굵은 손이
고단한 노고를 생각하네.

돌탑

돌이 발길에 챈다.
돌은 뭘 모른다.
돌이 제자리를 찾는다.
돌은 노고를 안다.
돌을 들어 던진다.
나를 가벼이 버린다.
돌을 들어 쌓는다.
나를 귀히 여긴다.
돌을 건성건성 다룬다.
나를 왜소하게 여긴다.
돌을 차곡차곡 놓는다.
남을 이롭게 한다.

돌탑 길을 행인이 지나간다.
행인 따라 나도 껴묻어간다.
돌탑 옆에 정자나무 심는다.
돌탑 길은 행인이 쉬어간다.
행인 따라 나도 쉬어간다.
돌탑 길은 행인을 부른다.
나도 돌탑길로 행인을 부른다.
행인 부른 발길이 보람 심는다.
행인 발길에 난 보람을 담는다.
돌탑은 노동의 의미를 쌓는다.
돌탑은 실체를 남긴다.
돌탑은 이야기를 남긴다.

무궁화 한 그루 심고 싶은 용산

용산은 물길 따라 흘렀다.
테무진의 후예들이 고삐 돌려
일구들 버르장머리 고치도록
길 열어 달라며 머문 자리에
해동청은 어디 가고
몽골 매 사냥꾼만 풀어 놓았느냐?
호랑이 심장 같은 용산에
말도 다르고
의복도 어색한
문화도 낯선
주인 모르는 사냥개들이 뛰더니
왕벚꽃은 어디 가고 사쿠라만 피었느냐?
겁 없는 사냥개들의 노림에 시달려
각축장이 된 자리가 아리더니
언제부턴가 면역 잃어
토끼의 심장 되어 팔딱거리다가
이제 새 가슴 될세라.
뜨내기들이 눌러 앉은 자리
주권, 인권, 생활권 자라더니
활보하는 데 걸림돌 될 줄이야.

수 세기 동안 길러진 것이라
내린 뿌리 너무 깊고 거대하여
옮기려도 뽑아버리려도
내 힘으론 벅차네.
심장부의 땅 한 평 값이 얼만데?
내 집 한 간 없는 처지에
수도에 입성 못하더라도
활보조차 할 수 없는 통에
난 피가 거꾸로 흐른다.
산진이 해동청 돌아오고
봄이면 왕벚꽃이 피고
계절이 바뀌면 무궁화 피어나
나와 새끼들이 뛰놀 수 있는
신선한 바람 불어 넣을
허파 같은 용산에
무궁화 한 그루 심고 싶다.

무조건 들이대기

당신은
무엇이 두려우신가요?
세상 향해 번지 점프하듯
덮어놓고
점프대에 바싹 들이대라.
이리저리 살피지 말라.
우물쭈물하지 말라.
그리고 뛰어내려라.
완전한 준비를 믿지 말라.
성공은 완전한 준비가 아니다.

꿈의 시작은

무조건 들이대기다.

완전한 준비보다 우선은

무조건 들이대기다.

무조건은

무지함이 아니다.

무조건은

지혜로움이다.

무조건은

나에 대한 무한한 믿음이다.

무조건 들이대기는

꿈을 향한 준비다.

완전한 준비를 믿지 말라.

당신은 아시나요?

무엇이 두려운지,

우물쭈물하는 것이다.

바다 속 아이 가꾸기

무얼 가꾸려고
비축된 힘도 없이
몸을 뒤틀며 머리를 짰다.
깊은 바다 속 공기방울처럼
세상 밖으로 빠져나갈 아이들을
고밀도로 압축하려 들었다.
금방 세상 밖으로 터져나갈 거라
머리를 꼿꼿이 처들었다.
안정성을 잃고 팽창한 아이들은
웃기는 수작 말라 일탈했다.
"제까짓 게 해 준 게 뭐라고…"
내뱉으며
안전성을 잃고 팽창했다.
어두운 바다 속에서
거품 빠진 아이 가꾸기는
세상 밖으로 팽창하는 아이들처럼
공기방울로 사라질까 불안했다.

천방지축 파도에 흔들리고
소용돌이에 부대껴 초라해지면서도
세상에 뿌리 내릴 수 있는
바다 속 아이를 가꾸었다.
깊은 어둠 속에서 밝은 세상 밖으로
공기방울처럼 팽창한 아이들
삶의 기압차만큼 밀집시키듯
바다 속 아이 가두었다.
우주의 시작도 그렇듯이
굳이 빅뱅이 아니더라도
팽창하는 이유를 모른 채
힘에 거리가 곱해진 에너지로
어둠 속에서 세상 밖으로
안전하게 일탈할 수 있도록
공기방울 같은 아이들에
"녀석에게 무얼 가꾸었을 거야."
내뱉는다.

해충

제 것인 양
마치 제 것인 양
내 몸에 빨대 꽂고
천연덕스럽게
피를 뽑는다.

밝은 세상에선
맥 못 추고
어두운 곳에선
제 세상 만난 듯
감쪽같이
내 피 훔친다.

난 안중에도 없이
스스럼없이
피 맛 본다.

따갑고,

가려우며,

정말

성가시고 아까워도

한방에

잡아볼까 하다가

이 정도쯤이야

나눠볼까 한다.

신 별신굿 : 양반세도자랑

초랭이 명품 가방 품고 가슴 쓸어내며 몸서리친다.

"문벌 양반요, 제비와 사모님의 나쁜 소문에 명품 놓고 얼떨결에 떠났대요."

방중술과 소녀경 읽은 도덕군자라

더럽힌 귀 씻는 시늉하며 주위 빙빙 돈다.

객쩍은[38] 이매에게 소문 전하자마자 상전에게 아뢰니

거니채지[39] 못한 명품양반도 거들먹거리며 담뱃재 툭툭 털어낸다.

도덕군자 탈 쓴 양반들의 욕망이나 감자들의 속내는 오십 보 백 보 아니더냐?

부네 대령하라는 양반 호령에 초랭이 붓날게[40] 불러 오거늘

초랭이 양반탈 위세로 부네에게 수작한다.

감자들 수작이 양반들에 뒤질세라?

자동문벌 문안 인사에 보동댁 민망한 차림으로 눈인사 하니

부네 놓고 어와 둥둥 내 사랑아 소리하고 춤을 춘다.

고하를 막론하고 서로 사냥감 놓고 동물 본성 따르는구나.

하이에나처럼 노려보고 야성 본능 드러낸다.

---

38) 언행이 쓸데없이 실없고 싱겁다.
39) 기미를 알아채지 못한
40) 말이나 행동이 경솔하고 들뜬다.

마담 할미 엉너리[41] 하며 나타나

문벌 양반과 명품 선비에게 이리저리 끼어들며 홍글방망이논다.[42]

갈개꾼[43] 나타나니 양반들 실큼하여[44]

늙어 쩸 안 되는 마담 할미 내동댕이친다.

"자네 말고 영계 대령하라" 외친다.

한 판 놀고 시뜻한지[45]

문벌 양반 자랑하는 말이 "우리 할배 유학파문벌이다." 하니

명품 선비 뒤질세라 "우리 아베는 명품재벌이다."고

서로 내 팔뚝 굵다 논쟁하네.

본데없는 양반들 말놀음에 초랭이 분위기 띄워

언어로 유희하며 언구럭[46] 떨며 농락하고,

---

41) 남의 환심을 사려고 능청스러운 수단을 쓰는 짓
42) 남의 일이 잘 되지 못하게 훼방하다
43) 남의 일을 훼방하는 사람
44) 마음에 싫은 생각이 생기다.
45) 어떤 일에 물려서 싫증이 나다.
46) 말을 교묘하게 떠벌리며 남을 농락하는 일

흉내 내어 저희들 남우새[47] 시키는 줄 모르고 용춤[48]으로 받는다.

도덕군자 가면을 벗겨내니

목등에 씌운 멍에 풀어내듯 초랭이 억눌린 감정 풀어진다.

밀매꾼 등장으로 물개거시기 사라고 외니

도덕군자 격에 안 어울리는 외설적 언어라 딴죽 거네.

겉 다르고 속 다른 자들이라 물개 거시기 내어놓고 양기에 좋다 하여 욕망 부추기니

양반님들 물개 거시기 하나 놓고 내해라 논쟁하며 앞서거니 뒤서거니 잡고 당기니,

욕망에 눈먼 자들 서로 핏대 올리니

"내 뿌리 빠지니더." 하고 소스라친다.

이놈들 이념 논쟁이 진흙 밭에서 개들 다투는 꼴이라

마담할미 관객보고 샌님들 비웃고 꼬집는 말이

"에이고 몹쓸 인간들 그 밥에 그 나물이구먼." 희덥다[49] 비꼰다.

양반님들 하찮은 이념 논쟁이 감자들에게 무슨 의미로 들릴소냐?

47) 남에게서 비웃음이나 조롱을 받게 됨
48) 남이 추어 올리는 바람에 좋아서 하라는 대로 행동하는 짓
49) 속은 비어도 겉으로는 호화롭다

피눈물

피붙이들
가능성만 믿고
나눌 큰 요행을 좇는다.

아린 눈길 업신여기고
가당찮은 이 세상 떠받치려
혼자 길을 나선다.

세상 내려놓기 두려웠던
내가
핏기를 잃고
낯선 무리들 곁으로 해쓱 들어선다.

뒷모습이
혼자이고 싶지 않아
가시방석 위 깨금발 디디고
두 팔 열고 안으려다
가슴 밖으로
힘 부쳐 내가 떨어진다.

어색하게도
응당 행할 길을 잃고
여전히 날 내려놓지 못하고
나눌 큰 요행을 좇는다.

팔 벌려 안을 피붙이들
바로 서지 못할 깨금발 디디고서야
요행은 온데간데없이
피눈물만 흘릴 뿐이다.

이 봉사 시로 세상 만나다

난 빛을 머금으면
모습을 드러내고 살아난다.
난 어둠이 내리면
흔적 덮고 죽는다.
빛은 날 마음대로 다룬다.

이 봉사 빛을 머금으면
세상 덮은 흔적 모르고 죽는다.
이 봉사 어둠이 내리면
언어를 드러내고 살아난다.

난 빛으로 생명을 피운다.
이 봉사 언어로 생명을 피운다.
우린 서로 빛과 어둠 속에서
피운 생명으로 꿈을 빚는다.
나는 빛으로 이 봉사 보나
이 봉사 언어로 날 본다.
빛으로 핀 언어로
우린 세상 함께 만난다.

우런 제대로
세상을 이해하고 마음 쓴 적도
진정 아끼고 사랑한 적도 없다고
마음 담아 고백하면
우런 시간을 뛰어넘어
믿음의 실체로 남을 수 있다.
누군가 날 기억하고 상대할 때
소통을 확신할 수 있다.

나는 너와 달라

당신을 다르다고 선택했는데
당신을 틀림없다고 선택했는데
당신의 얼굴을 믿으며 선택했는데
당신의 사람됨을 가늠하며 선택했는데
자기는 가는귀먹고 등 돌리더니
자기 눈 안에도 우린 없더라.
당신은 나와 다를 거라 생각했는데
너는 나와 틀리더라.

당신은 대의명분 좇아
우릴 섬기는 줄 알았는데
우리와 동행하는 줄 알았는데
우리와 함께 아파할 줄 알았는데
자기는 자신과 무리를 위해 좇아가더라.
우리는 당신에게 너그러웠는데
우릴 무지한 순둥이로만 알더라.
당신은 나와 다를 거라 생각했는데
너는 나와 틀리더라.

달콤한 말로 우리를 헛갈리게 하고
가려운 곳 긁어 달라 했더니
정작 아픈 곳만 후벼대더라.
여기저기 쑤신다고 목청 높려도
불편하다고 하소연해 봐도
우린 당신의 눈밖에 있고
'나는 너와 달라.'
하고 외친다.

국기 달기

국경일
내 아내 일출 기다려
아파트 베란다 앞 나라를 매단다.
베란다에 달린 사랑
동마다 달랑 두어 세대 넘나든다.
나랑 이웃이랑 나라가
더불어 유대 나누기 위해
경기장에 신바람 나서 펼치는 군무,
시가행진에 격렬하게 흔들어 대는 펄럭임 위에,
가슴에 손을 얹고 부르는 소리에 나부끼는 장엄함에,
독도로 달려가 바위 위에 새긴 사모의 정 나누는 광경에
애정이 듬뿍 담긴다.

국경일

아파트에서 보는

베란다에 달린 사랑

동마다 달랑 두어 세대 넘나든다.

나랑 이웃이랑 나라가

더불어 유대 나눌까 했는데,

아파트 베란다에 나부낄

국기 다는 사람들은

어디로 갔는가?

강아지 호랑이로 자란다

첫아이 울음에
산고의 기쁨은 잠깐 머물다
육아의 전쟁으로
혼이 빠져나간다.

살가운 옹알이에
뽀송한 손길의 성스러움이
낯선 거짓으로 다가와
강아지 호랑이로 자란다.

빠듯한 생활이 무료해지고
가족은 돌아앉고
수염 난 능글맞은 아들과
생리하는 딸아이 짜증에
언어가 삐뚝하다.

주인님 혼자 산다.
가족도 혼자 산다.
모두 자신만 알아주는
고분고분한 날 찾는다.

가족 떠난 빈 둥지에
날 불러들이더니
뚱한 가족보다 낫다며
당신들은 중국산 드셔도
저는 유기농만 먹어요.

언젠가 날 이별할 때
근사한 장례식장 설치한다니
사람들이 날 싫대요.
가족 빠진
빈 둥지 내가 차지하고
내가 돈을 먹는대요.
나의 보험가입에
커지는 나의 복지

가족 내모는 강아지가 무섭다.
난 호랑이로 자란다.

산다는 것

날 선
벌레의 폐기물처럼
땅 위를 뒹굴 수 없지 않은가?
산다는 것은
욕망이 춤추는 세상에
나의 궤적을
남기는 일이 아닌가?
고슴도치 등짝 같은 세상
안고 사는 일이
함함하다 할 수 있겠는가?
산다는 것은
당당하게
열린 우주로 여행하려는
희망 찾기 아닌가?
이 세상은
벌레 아닌 내가 주인이 아닌가?
벌레 먹은 나뭇잎은
방심하는 날 경계한다.

마음 풀고 뒤통수 보이지 말라

서로

체제나 본바탕이 다르다.

맞선 벌레가

살갑게 다가온다.

선 날로 날 노리며

간살웃음 친다.

놈이 능청스럽게

한발 들여놓는다.

선량한 무지로

자리를 내준다.

태연히

나를 살피며 갉아댄다.

방어선이 구축되기 전에

놈은 통째로 갉아댄다.

놈의 세상인 양
기세를 올린다.
평화나 공존을 명분으로
날 위협한다.
때 늦게
맘 조이며 방어선 구축하면
명분에 갇힌 상처의 궤적을 남긴다.
너그럽거나 나약해지면
당하기 십상이다.
다 넘기고
너털웃음 칠 수는 없다.
벌레 먹은 나뭇잎은
마음 풀고
뒤통수 보이지 말라 한다.

내가 보일 때 행복은 살아난다

빛을 맞을 때 생명이 움튼다.

빛을 볼 때 따뜻해진다.
빛을 볼 때 생기가 난다.
빛을 볼 때 의욕이 솟는다.
빛을 볼 때 힘이 충전된다.
빛을 볼 때 부러워진다.
빛을 볼 때 용기가 생긴다.
빛을 찾을 때 생명이 싹튼다.

빛이 들 때 분명 생명은 살아난다.

빛을 맞을 때 내가 보인다.

빛을 보려 눈을 감는다.

빛을 볼 때 눈을 뜬다.

빛을 볼 때 쓸모가 생긴다.

빛을 볼 때 값이 매겨진다.

빛을 볼 때 감사한다.

빛을 볼 때 숙연해진다.

빛을 볼 때 흐뭇해진다.

빛을 볼 때 기쁨이 넘친다.

빛을 볼 때 만족감이 든다.

내가 보일 때 행복이 찾긴다.

날 찾을 때 반드시 행복은 살아난다.

개 같은 세상이라서

개 같은 세상이라서
갠 환대받는다.
개 같은 세상이라서
난 그 새끼보다 홀대받는다.
놀고먹는 그자 값이 얼만지
그 새끼 팔자보다 못하더냐?
정작 내 당신께 바치는 몸값이
그 자식보다 형편없느냐?
주인님은
그자를 가족이라 하고
난 이웃보다 못하다 한다.
입만 뻥긋하면
개소리 한다 호통치고
그 자식하고는 살갑게 소통한다.
그 자식은 전 붙여 삼시 세 끼 다 해먹이고
주인님은 날 삼식이라 타박한다.
당신 뜻 거스른 적 없어
그 자식 때문에 행복하다 하고
당신 뜻 모르는
난 성가시다 한다.

갑오생 말띠 이야기

1
갑오년 봄 동학당들은
회오리를 몰고 반도 북쪽으로 갔다.
그해 북풍과 남풍 맞바람으로
돌풍을 잠재웠다.
그 후 반도는 계절풍이 사라지고
예측할 수 없는
마구잡이로 바람이 불었다.
난 바로 설 수 없었다.

2

군화 신은 자들이

핏자국을 남기고

초여름 반도 남쪽으로 지나갔다.

청보리밭 밟고 간 이후

또

갑오년 새 이야기를 맞았다.

38선이 휴전선으로 갈아타고

이념선을 그렸다.

난민들은 너나없이 허기졌다.

주린 배 맹물로 채운 누나는

내 학비 마련에

날밤 새운 줄 몰랐다.

3
갑오로 되돌아
이야기는 계속되었다.
어느 봄날
제주로 소풍 가는 들뜬 날
어떨 거라 짐작된 모순덩어리가
'가만히 있으라.'는 말에
탐스럽게 피던 꽃들과
함께
차가운 바다 밑으로 갔다.
더 이상 꽃들은 피지 않았다.
승무원에 대한 갑질로
아저씨는
아씨의 구역질에 주저앉았다.
조직 단체 해산 결정으로
갑오년 해일은 지나갔다.
고깃국에 이밥 먹어도
연애, 결혼, 출산을 포기하는
젊은이의 한숨 소리는
청춘의 잔혹사였다.

제2부

소설

술도깨비 덫에 걸리다

여름휴가 막바지 늦은 밤이었다. 난 휴가를 고향집에서 보내고 있었다. 소나기가 한낮의 땡볕 열기를 잡아간 뒤였다. 열기는 한숨 돌릴 만했다. 세상은 고단한 몸을 맡기고 휴식의 단꿈에 빠져 있었다. 잠결에 왜장질 소리가 어렴풋이 들렸다. 새벽녘에 뜬 그믐달 아래였다. 어머니께서 밤길을 찾아 나섰다. 가족들도 하나둘 뒤따라 나섰다. 달빛은 고단한 이들의 시선을 피해 빛을 잃어 가고 있었다. 세상의 온갖 고뇌를 안고 지친 모습이었다. 울음 섞인 신음 소리가 고요를 깨는 파열음처럼 들렸다. 새말로 이어지는 다리 밑쪽이었다. 알듯 말듯 한 애절하고 처연한 소리였다. 무슨 깊은 한을 품고서 애처롭게 쓰러지는 그믐달 같았다. 얼굴을 파묻고 숨죽인 파김치처럼 퍼져 있었다. 아우의 신음 소리였다. 사지는 문어다리처럼 흐느적거렸다. 처박은 얼굴은 모래바닥에 일그러져 분간할 수 없었다. 서쪽 하늘에는 아우의 찢어진 눈두덩같이 이지러진 그믐달이 매섭게 걸려 있었다. 귀신이 붙은 기색으로 싸늘하고 처참한 맵시를 뽑고 있었다. 누군가에 의해 난타당해 장도감을 만난 것이 틀림없었다. 입가엔 음식물 찌꺼기인지 모래와 피범벅이 되어 있었다. 비릿하면서도 역겨운 술 냄새가 코를 찔렀다. 낮에 내린 비로 다리 아래로 떨어지는 빗물은 눈물처럼 아우의 몸을 적셨다.

"무슨 일이야?"

다급히 외쳤다. 아무런 반응이 없었다. 은근히 울화가 치밀었다. '또 술 처먹고 입을 함부로 놀려대겠지?' 하며 못마땅한 속내를 내비쳤다. 하지만 피붙이인지라 애처로웠으나 내 마음이 분노로 가득 차 속을 삭이지 못했다. 이 때 흐린 달빛 속에 알듯 말듯 한 귀먹은 인기척 소리가 들렸다. 주위를 살피니 아우와 자주 함께하던 술친구였다. 한기에 술이 깨는지 몸을 일으켰다.

"아무리 술 먹고 실수를 했다손 치더라는 사람을 어떻게 저 모양으로 만들 수 있어."

그는 귀 먹은 푸념만을 늘어놓았다. 다짜고짜로

"너는 아우와 늘 붙어 다니며 독 안에서의 푸념을 늘어 놓냐? 너도 똑같은 놈이야, 앞으로 붙어 다니지 마. 알았어?"

하며 그의 면상에 주먹이 올라갔다. 그건 아우에 대한 화풀이인지 아우의 친구에 대한 화풀이인지 분간이 안 되었다. 죄장감에 대한 경계를 느낄 겨를이 없었다. 누구한테 당한 것인지 모르는 상황에서 술을 먹고 횡설수설 초죽음으로 내뱉는 악다구니를 놀리는 것에 이젠 진절머리가 났다. 아우는 술버릇이 고약했다. 대화가 시작되면 어느새 가족과 이웃에 증오와 폭력의 결과를 불러왔다. 아무에게나 한바탕 퍼 대고 싶었다.

"미친 자식! 허구한 날 그 모양이야. 나가 죽어라. 니가 인간이야? 빌어먹을 자식. 에이……."

내가 퍼대는 몹쓸 말에 어머니는 어찌 초죽음이 된 아우에게 그럴

수 있냐고 나무랐다. 이 자식을 어떻게 키운 자식인데 어느 몹쓸 것이 이 지경으로 만들었냐며 운명을 원망하셨다.

아우는 태어나 젖먹이 때부터 하반신을 잘 못 쓰는 소아마비였다. 병원 신세를 많이 졌지만 별 차도가 없었다. 뛰지는 못해도 혼자서 곧잘 걷곤 했다. 이목구비가 뚜렷하고 이마가 넓었다. 소견머리가 트이어 시원해 보였다. 자신보다 남의 어려운 처지를 더 걱정하고 형을 잘 따르고 동생에게도 너그러웠다. 말수가 적고 다소 수줍음이 있었다. 바둑을 둘 때면 승패가 결정되면 판을 던져 승복하는 솔직 단아한 성격이었다. 고등학교 때 실시한 '홀랜드의 진로 적성검사'의 결과지를 본 적이 있었다. 성격은 '솔직하며 성실하고 검소하며 말이 적고 직선적이며 단순하다. 진로선택 계열은 이공계열로 직업군으로 엔지니어, 운동선수 등'으로 기록되었다.

부모님과 나는 가끔 아우의 진로선택에 대해 강권이 아닌 강요를 했었다. 자신의 의사와 다르게 의사나 약사가 적합할 거라 말했었다. 아우의 진로 희망과는 어느 것도 일치하지 않았다. 주위의 의견과 검사결과는 자연계 진학이었다. 자연계는 불가능했다. 학교 신체검사에서도 '적록색맹'으로 진단받았다. 신체검사를 담당하신 생물 선생님의 조언은 이공계, 자연계 진학은 어렵다고 일러줬다. 의·약학계는 신체장애로 진학이 어렵다고 판단했다. 공무원 준비도 마찬가지였다. 당시 사회 환경에서 그에게 진지한 장래문제를 담보할 것은 아무 것도 없어 보였다. 이런 얘기는 아우가 진로문제로 속 썩일 때 상담을 통해서였다. 아우는 자신이 태생적 한계 속에서 삶을 시작해야 한다는 것을 느끼는 듯했다.

'나는 부모를 잘 못 만나 불행한 것인가? 신의 저주인가? 앞날은 장밋빛은 아니더라도 희망은 있는가? 난 행복한가? 난 불행한가?'

그는 삶의 경계를 느끼는 듯했다. 인간의 삶은 다 열망의 대상으로서 소유하려는 양식이 있다. 또한 자신의 능력을 적극 발휘하여 스스로 삶을 확인하는 방법도 있다. 그러나 아우는 간섭과 구속 없이 물질과 자신의 자아에 대한 집착에서 벗어나지 못하고 있었다. 인간이 살아가는 데 소유 양식이 문제가 되는 것은 모든 것이 다 열망의 대상으로서 가능하다고 여기기 때문이다. 자신이 그것들에 집착하면 할수록 스스로 자유에 얽매이고, 자기실현이 방해받고 있다는 걸 모르고 있는 듯했다. 점차 존재를 단절하는 과정으로 달려가고 있었다.

아우는 고등학교시절 가족들과 떨어져 하숙생활을 했다. 다른 하숙생과 몰래 술과 담배를 호기심으로 시작했다. 난 아버지의 체질을 닮은 탓인지 지금도 여전히 술에는 부담을 느낀다. 그러나 어머니의 체질을 닮은 아우는 주량이 꽤 되었다. 소주로 몇 병 정도에도 그다지 놀랍지 않았다. 그렇게 시작된 술은 자신의 한계를 시험하며 학생의 신분을 넘나들고 있었다. 결국엔 아버지 앞에서 나쁜 술버릇으로 도를 넘는 말과 행동으로 가족 모두를 놀라게 했다. 죄장감따위는 없었다. 이런 사건이 있은 이후로 한동안 아우는 술을 멀리했다. 몇 달이 흐른 후부터 언제 그랬느냐는 듯 무슨 사정이 있는지 드러내놓고 걸핏하면 술자리가 잦아졌다. 그의 답답함은 주변 사람들과 함께 술로써 문제를 해결해 보려는 것 같았다.

내부 지향적인 아우는 '그러는 사이에 어떻게든 되겠지', '사정이 여의치 않기 때문에 어쩔 수가 없어'라는 식의 태도로 일관하고 있었다. 이것은 삶의 과정에서 가끔 겪게 되는 경우가 과도한 마이너스 암시 때문에 자신의 생활에 악영향을 미치기도 했다. 특히 주변 여건이 어려움에 부딪힐 때는 치명적인 결함을 드러낼 수밖에 없었다. 더욱 그는 스스로 삶을 탕진해갔다. 결과적으로 삶의 생명력을 훼손시키고 있었다. 그런데도 어머니의 아우에 대한 사랑은 절대적이었다. 아우의 실수나 잘못은 어머니의 잘못으로 당신 스스로를 원망하셨다.

어느날 저녁 뉴스에서 본 까치 가족 모습이 떠올랐다. 전신주에 마구 지어지는 까치집 철거를 둘러싸고 벌어지는 사람과 어미 까치의 다툼을 보듯, 아우를 바라보고 가족과 어머니 사이의 숨바꼭질은 계속되었다. 모든 어려움이 아우에게 닥치는 것은 당신의 잘못이라 믿고 늘 안타까워하셨다. 아우가 스스로 설 수 있을 때까지 가족들과 어머니의 전쟁은 계속되었습니다.

아버지는 당신 스스로 수용하는 도덕적 원칙이 존재하는 분이셨다. 우리 가정은 외견상의 가정폭력은 없지만, 이중적인 사고방식이 더욱 정교한 형태로 자리 잡고 있었다. 아버지는 가난한 가정에서 자수성가 하신 분이었다. 담배는 많이 하셨지만 술은 입에 대지도 않았다. 하시는 일에 빈틈 없고 몰두하시는 분이셨다. 자식들에게 높은 도덕성과 스스로 자립할 수 있는 엄격함을 강조하셨다. 투철한 책임의식으로 남이 보건 안 보건 정직함도 있었다. 생활은 안정되어 있었고 원칙 이외의 것과 타협하지 않는 강직한 분이셨다.

그러나 정작 당신의 자녀들에게는 관심이 피부로 느껴지지 않았다. 자녀들은 무거운 두려움에 휩싸였다. 그 중에서도 아우는 어렸을 때 애틋해 했으나, 고등학교 때 학비를 엉뚱한 곳에 사용하여 졸업식 때 들통난 것이며, 동성동본의 이성을 사귄 것이며, 신체장애로 쉽게 진학을 포기한 것이며, 술로 말미암아 법도를 넘은 것 등으로 거리감을 느끼는 듯했다. 그 후로 아버지와는 거의 접촉이 없었다. 아우의 잘못에 대해 매우 냉정하셨다. 폭언까지는 아니지만 마음에 상처가 될 만한 얘기를 자주 하였다.

"장애가 있더라도 그런 정신으로 이 세상을 살려 해? 한심한 놈."

못마땅해 하셨다. 나도 간혹 거드는 말이 아버지와 다르지 않았다.

아우는 술을 먹으면 어린 시절의 기억을 끌어내어 나를 공격하곤 했다.

우리 집 뒤에는 일제시대 축조된 둑이 있었다. 지금은 천을 사이에 두고 건너 새말과 다리가 놓였다. 천변은 어린 시절 추억과 낭만이 있었다. 아우도 마찬가지였다. 굵은 철사망으로 돌을 묶어 견고하게 쌓은 방죽이었다. 어린 시절 이 주변은 놀이터였다. 겨울철이면 아이들은 둑에 쪼그리고 앉아 돌로 두드려 철사를 잘라 썰매를 만들곤 했다. 아우도 불편한 몸으로 나를 따라다녔다. 제방 둑에 쭈그리고 앉아 철사를 끊다가 이장에게 들켜 도망친 적이 있었다. 그때 난 쉽게 달아날 수 있었다. 그러나 현장에서 잡혀 혼나는 것은 아우였다. 저녁 무렵이면 아버지께 그런 사실이 알려져 또 혼나곤 했다. 위험에 처했을 때 난 아우가 성가신 존재였다. 아우는 어려운 처지에 놓였을 때 무엇 때문에 고통받고 있는지 몰랐다. 그는 형으로부터 버림을 받았다고 원망하고 있었다. 썰매 지치기 시합은 아우가 나와 경쟁할 수 있었던 유일한 경기였다. 그는 신나했다. 왜냐면 아우는 다리 쓰는 것이 불편했으나 팔의 힘은 나보다 나아 승부가 되곤 했기 때문이었다. 썰매는 팔의 힘이 많이 필요했다. 그것이 정상인과 경쟁할 수 있는 놀이였다. 자신의 욕망을 채울 수 있는 도구이기도 했다. 그가 애지중지하던 썰매를 아우에게 사용치 말라고 하고 빼앗아 감춰 둔 적이 있었다. 그것을 찾기가 여의치 않을 땐 쇠구정물 담아두는 양동이 밑에 태를 벗겼다. 그걸 잘라 두드려 썰매 칼날을 만들곤 했다. 양동이 밑동이 빠져 구정물을 뒤엎었다. 혼나는 것은 뻔한 일이었다. 난 까맣게 잊어버렸다. 아우는 취기가 오르면 형의 욕심을 원망했다. 가벼운 이야기면서도 무거운 부담으로 다가왔다. 성장하면서 자신이 남들과 비교되면서 스스로 하고자 하는 욕망을 충족시킬 것은 없어 보였다. 달릴 수도, 장래문제도, 결혼도 어느 것도 호락호락한 것은 없는 듯했다.

가족의 울타리 안에서 도움을 절실히 열망하고 있었다. 아우는 가족들의 솔직한 이해가 융합을 가져오는 출발점이라 믿었다.

가족이 울타리 안에 있었으나 서로 도움이 되지 못했다. 가족과 아우는 서로 신뢰가 깨어졌다. 이것이 가족들과 아우를 분열시키는 근거였다. 술은 탈출구였고 증오와 일탈의 시작이었다. 시기하고 증오하는 대상이 가족과 형제였다. 가족들은 그를 기피하거나 방관자가 되어 있었다. 그건 가족이 아우를 어떻게 취급하느냐가 아니었다. 아우가 가족을 어떻게 취급하느냐에 있었다. 사람의 마음속에는 두 가지가 있다. 하나는 선한 것이고 다른 하나는 악한 것이다. 경계를 짓는 것이었다.

아우는 매일 아침에 그 선한 것을 박차 버리고 그 악한 것에 귀를 기울인다. 그가 얻고자 하는 바대로 할 뿐이었다. 어떻게든 자기 자신과 다른 사람 그리고 가정과 사회를 변화시킬 수 있는가에 대한 생각들에 고분고분하지 않았다. 듣는 사람에게는 악마의 소리가 들렸다. 스스로 능력을 발휘되는 것보다 '마이너스의 힘'만이 부여되고 있는 듯했다. 결국 선량한 사람이 열등한 행동을 할 수 있게 되었다. 가족과 이웃에 대한 행위의 동기를 통찰하는 힘도 잃게 되었다.

이러는 사이 아우와 가족 사이에는 '내 마음은 내가 주인이다', '상대의 마음은 상대가 주인이다.' '남의 마음을 내 마음대로 쓸 수는 없다.' 라는 서로의 경계를 짓기 시작했다. 어느 순간에 아우에게 바람이 불어닥치는 쪽으로 반응하였다. 그 경계 따라 순순히 반응하는 천사가 아니었다. 악마처럼 바람꽃을 피우는 술도깨비가 되어갔다.

　어느 가을 장이 서는 날 오후였다. 낯선 장꾼이 찾아왔다. 우리 집은 당시 장터 근처에서 양조업을 하고 있었다. 장꾼이 중매를 서겠다고 했다. 나는 그 말을 엿듣게 되었다. 나는 아우가 결혼을 하면 책임감 속에서 생활이 안정되고 달라질 수 있을 거라는 성급한 판단을 했다. 불편한 관계 속에서 서로 상처를 받고 지나온 터라 피할 수 있는 피난처가 생겼다. 누이 좋고 매부 좋은 격이었다. 이런 혼담이 아우에게 전해졌다. 반응은 냉담했다. 그의 반응은 졸업 사진 속에서 확인할 수 있었다. 꽃다발을 안고 함께 해맑은 미소를 짓는 여학생의 모습이 보였다. 상당 기간 두 사람은 만남의 관계가 지속되어 왔다. 그런데 둘 사이는 문제가 있었다. 하나는 아우의 대학 진학 포기였다. 다른 하나는 상대가 동성동본의 관계였다. 그에게는 상당한 딜레마였다. 그런 어려움이 해결될 수 있는 방법은 없어 보였다. 아마 '그것이 계기가 되어 음주하는 습관이 생겼다고 여겼다. 감당하지 못하는 윤리적 도를 넘나들며, 죄악감이 없는 언행이 생겨났다.

　지금도 그때의 충격 때문인지 아니면 앞날에 대한 염려 때문인지 알 수 없었다. 아우와 가족의 관계는 팽팽한 긴장 속에서 숱한 시간을 불편한 상태로 유지되어 왔다. 아우가 그런 아픔이 있다면 순순히 혼담 문제를 내켜하지 않을 거라 믿었다. 그런데 며칠이 지난 뒤 뜻밖에 결혼을 하겠다는 의사를 밝혀 왔다. 어머니의 설득과 주변의 권유로 다른 방법을 찾는 듯했다. 결혼이 의외로 쉽게 결정됐다. 쉬운 결정은 아니라고 생각했다. 결혼은 일사천리로 진행되었다.

　난 아우에게 주제 넘는 결혼관을 일러줬다. 건강한 가정은 정신이 건강한 구성원들로 만들어지고, 그 가정에서 훈련되어진다고 했다. 반면

에 결혼이란 순탄한 과정만 있는 것이 아니라고 했다. 어쩌면

"결혼은 무덤이다. 결혼은 미친 짓이다."

라고 염려스런 말도 덧붙였다. 결혼 성사는 서로가 죽기 살기로 작정한 출발이 아니었다. 가족 중 일부는 아우의 결혼으로 혹을 떼내려는 불순한 의도가 있었다. 아우는 간섭과 구속 없이 자신의 집착에 벗어나고 있는 듯했다. 표면상 결혼은 가족들의 성원과 축복 속에 치러졌다. 한참 동안 둘은 행복한 결혼생활이 이어져 아우에 대한 염려와 불안은 사라지는 듯했다. 제수씨는 아우를 대신해 활용 않던 점포에 자그마한 슈퍼를 열었다. 한동안 돈 만지는 재미에 푹 빠져 있는 듯하였다. 아우는 가장으로서 역할이 없이 아내에게 의존하는 생활이 계속되었다. 약간의 다툼은 있었으나 심각한 이야기는 들리지 않았다. 그리고 첫아이의 기쁨도 느끼는 듯했다.

교회 저녁 예배시간이 다가올 무렵이었다. 목사님께서 교회로 가던 중이었다. 아우 내외가 심각하게 다툰다는 전갈을 해왔다. 목사님은 아우 부부의 주례를 섰던 분이었다. 그런 까닭으로 아우 부부는 가끔 교회를 다니곤 했다. 가게 문이 닫히고 소란이 일어나는 광경을 보고 들어가 보려 하다가 어머니에게 연락을 해왔다. 문제 해결이라는 노력이 새로운 문제의 시작이라는 생각이 스쳤다. 불안한 마음이 엄습해왔다. 어머니께서 늘 싫으나 좋으나 이들의 중간에 끼어들어 문제를 해결하려 했다. 아우는 결혼 전부터 방황했다. 술도깨비로 살아가며 가족들을 곤혹스럽게 했다. 그런 적이 한두 번이 아니었다. 결혼 후 방황이 어떤 결과를 가져오는지 알지 못했다. 지금 당장 당하는 불편함을 잊으려 했다. 도피적 수단이었는지 모른다. 아니 그것이 사실이었다. 아우가 진정 무엇을 원하는지 알 겨를이 없었다. 어쩌면 결혼이 책임을 느끼게

하고, 아내와 자식에게 애착을 느끼며, 철들어 갈 거라고 생각했다. 제수씨를 위험에 빠뜨리게 만드는 것이란 걸 미처 생각을 못 했다. '그들은 이런 정도일 것이다.' 믿을 수 없는 믿음을 확신으로 기대하고 있었다. 그런대로 그럭저럭 살아오면서 '칼로 물 베기' 같은 싸움을 해온다고 여겼다. 요새 그는 어느 지점에 무엇을 구축해 놓았는지 혼자 상상하곤 했다. 그 상상과 맞지 않았을 때에 나에게 그럴 수 있느냐고 따지고 화를 냈다. 그런 것이 주로 알콜에 의존하는 경우가 많았다. 그 후로는 태도가 돌변했다. 결국 제수씨도 아우를 인정하지 않고 있었다.

"나는 이 남자에게 완전히 사기당해 결혼하고 이용당하며 살고 있다."

제수씨는 하소연이 늘어났다. 아우는 아랑곳하지 않았다. 자기 속에 갇혀 살면서 불행을 불러왔다. 가끔은 부부가 싸우는 기미를 느꼈다. 시비가 전투로 확전되곤 했다. 제수씨가 안스러웠다. 그들의 문제에 주제넘게 개입하였다.

"가정일이 밖으로 나오지 않도록 해라."

"나도 가장인데 왜 가정 일에 간섭하느냐?"

아우는 역정을 냈다. 아우는 주위와의 관계, 관심, 사랑, 연대의식을 염두에 둔 것이 아니었다. 결국 자신을 자기의 소유물로 만드는 욕망에 사로잡혀 있었다. 아내가 기대하고 요구하는 말은 묵살했다. 후일에 대한 두려움 없이 폭력으로써 제압했다. 그에게 아내의 행복은 전혀 관심이 없었다. 아내의 부재로 해서 생기는 자기의 불편만이 중요할 뿐이었다. 자기의 책임은 전혀 인정하지 않았다. 이유가 제수씨에게 있다고 주장했다. 폭력 사실도 증거를 제시하면 아예 입을 닫아버렸다. 이런 일은 술을 먹는 횟수만큼 늘어났다. 으레 반복되며 전과자로 전락해가고 있었다. 알콜이 동반될 때마다 욕구충족을 지연시킬 수 있는 절제능력은 없었다. 늦은 밤이라도 밥을 차려달라거나, 술을 더 가져오라고 생떼를 썼다. 한심한 행동이 거침없이 나타났다. 이런 일이 있을 때 당위적이거나 추상적인 접근의 설득은 아무런 소용이 없었다. 그는 욕망과 증오에 사로잡혀 감상적인 생각 속에 환상을 품고 살아가고 있었다. 제수씨는 아우를 비난하기 시작했다. 아우는 무책임한 가정생활에 대한 얘기를 하면 일견 수긍도 한다. 아내가 현실적인 문제를 꼬집으면 참지 못하고 욕설을 하고 폭력으로 맞섰다. 이럴 땐 제수씨로선 당장이라도 헤어지고 싶다고 맞불을 놓으면,

"알았다. 당신 어려운 것 모르는 것은 아니다."

하며 꼬리를 내리기도 했다. 제수씨는 수긍하며 속기도 했다. 반복되는 행위에 실망과 분노에 몸을 떨었다.

"아무리 생각해봐도 더는 못 살겠다."

라며 결단의 말도 했다. 제수씨는 이혼녀, 홀로서기 등의 부담을 느끼는 듯했다. 모험을 생각할 정도로 갈등을 하곤 했다. 그러다가 어렵사리 마음을 접곤 했다. 점차 가슴에 무거운 돌을 담기 시작했다. 오랫동안 관계가 불안하게 지속되었다. 집안에서는 폭언이나 폭행을 하지만 이웃 사람들에게는 주로 호인이라는 얘기를 듣는 경우가 많다. 그리고 폭행보다는 폭언이 있는 경우가 많았다. 그리고 어느 정도의 자아는 형성되어 있었다. 대개는 가정폭력을 행사한 후에는 약간의 죄책감을 느끼는 듯했다. 하지만 '부부싸움은 칼로 물 베기다.'는 식의 가정폭력을 태연하게 합리화했다. 인습에 따라서 가정폭력 행위가 반복되었다. 그러는 사이 제수씨의 마음은 되돌릴 수 없을 만큼 멀어져 있었다.

전투가 시작되던 어느 날이었다. 제수씨의 얼굴에서 무거움과 비정함을 볼 수 있었다. 이번만은 물러설 기세가 아닌 듯했다. 인내가 한계

에 다다른 듯했다. 단호하지 않으면 미래는 없다는 생각을 한 듯했다. 끝이 보이지 않는 반복에 결단이 필요했다. 피해자로서 지치고 피곤한 기색이 역력해 보였다. 딸 가진 부모의 입장처럼 가슴이 아려왔다. 이런 세월 속에 나도 가족들도 지쳐가고 있었다. 시간이 흐를수록 모두가 제수씨의 편이 되어가고 있었다. 혈육으로의 연민이나 이해로만 지킬 끈이 떨어질 찰나였다.

오뉴월 텃밭에 자라나는 쇠비름 자라듯 솟아나는 아우의 행태는 보호받지 못하는 생명처럼 성가신 존재였다. 텃밭 지키려고 쇠비름 제거하려다 지쳐 손을 놓은 심정이었다.

제수씨의 반격이 시작되었다. 마음에 날이 섰다. 서슬 퍼런 날이었다. 한번 휘두르면 절단날 것 같은 예리하고 섬뜩한 날이었다. 상당기간 준비와 대처법을 궁리하고 고민한 것 같았다.

이듬해 어느 추운 겨울 잔뜩 찌푸린 날 고향을 찾아 갔다. 먼 산에 구름같이 끼는 하얀 서슬 기운을 드리우고 있었다. 생활에 쫓기어 아우를 잊고 살았다. 고향을 찾았으나 아우가 보이지 않았다. 그의 근황을 물었다. 아무도 대답이 없었다. 무슨 일이 있음을 직감했다. 그동안 소리 소문 없이 지낼 수 있었던 이유를 알 수 있었다. 제수씨가 남동생의 도움을 받아 아우를 정신병원으로 보냈다는 것이다. 제수씨의 서슬 퍼런 날이 이런 결과를 낳았다. 한동안 뒤통수를 얻어맞은 듯 정신을 놓았다. 올 것이 오고 말았다.

"아, 자신의 덫에 걸렸구나!"

엎질러진 물에 수습을 하기보다는 모두들 무슨 일이 있었는지를 모를 만큼 태연하였다. 무슨 뾰족한 방법이 없나 궁리했다. 현명한 해결책이 보이질 않았다. 마음을 수습하여 어머니께 여쭤 보았다. 당신도 너무나 갑작스레 일어난 일이라 그냥 지켜보고 있다는 것이었다. 난 대상을 바꿔 제수씨에게 어떻게 절차도 상의도 없이 그 같은 일이 생길 수 있느냐고 다그쳤다.

지나가는 소리로 말했다.

"갈라서던지, 금주 방법을 찾던지, 무엇이든 결판을 내든지…."

결국 행동으로 옮기고 부모님께 통보 형식의 동의를 구했다고 했다.

그런데 어떻게 해서 남편은 아무런 거리낌 없이 정신병원에 입원시키는 것이 가능했을까? 제수씨에 따르면 치료를 목적으로 동생들과 결탁했다고 말했다. 시댁 사람들은 아우 편을 들 거라고 했다. 아우 처남들이 해결책을 궁리한 끝에 결국 병원에 데리고 간 것이라고 했다. 이들은 최종적으로 정신과 전문의가 밀접하게 개입 내지는 고의로 의뢰인인 처의 일방적인 말만 듣고 오판하거나 협조한 것이라 여겼다. 멀쩡한 정상인인 아우를 하루아침에 정신병자로 만들어버린 것이었다. 놀랍게도 아버지와 어머니께서 침묵하고 계셨다.

며칠 뒤 병원을 찾았을 때 아우는 주장을 털어놓았다. 멀쩡한 사람이 환자가 되는 것은 말 그대로 '누워서 떡 먹기'였습니다. 처가 수시로 정신병원에 넣겠다고 험한 말을 할 때 "멀쩡한 사람을 정신병원에 집어넣는 게 그렇게 쉬운 줄 아나 보지."라며 건성으로 들은 척도 하지 않았다.

신체의 자유, 인간 존엄성과 권리가 헌법에 명시되어 있는 법치사회에서 상상도 할 수 없는 일이었다. 그런데 의뢰인이 의뢰만 하면 그날로 정신병원에 가게 된다. 마치 영화 '올드 보이'의 등장인물처럼 감금되는 것이다. 어느 날 영문 없이 끌려가서 폐쇄병동에서 다른 정신질환자들과 살게 되었다고 했다. 난 평소에 듣고 본 동생의 생활로 제수씨와의 결혼생활이 순탄치 않고 어려움이 있다는 것을 알았다. 가끔은 동생의 입장보다는 제수씨의 어려운 처지를 암묵적으로 지지하고 있었다. 해포의 잔인한 세월을 어떻게 견뎠는지? 제 3자의 입장에서 얼마나 심각한지? 당하는 고통이 얼마나 큰지? 막연히 짐작만 했다. 제수씨에게 심정적으로 연민의 아픔을 느꼈다. 문제는 심각한데도 해결 방법이 뾰족하지 않았다. 피란하여 보호받아야 할 제수씨는 홀로 남겨졌다. 제수씨는 피란하여 가끔 친정에 머무른 적이 있었다. 임시적 피란처였지 보호받는 피란처는 아니었다. 스스로 자식 걱정, 생계 걱정에 피란 보호시설을 꺼리는 듯했다. 생계는 임대 수익으로 다소 해결이 되고 있었다. 방법이 있다면 가해자를 법에 의존해 격리처분하는 것이라고 생각했다. 현실적 대안이 아니었다. 가족들을 생각하면 있을 수 없는 일이라고 생각하는 듯했다. 그래도 해결방법이 치료와 요양이 필요한 병원이 피란처라고 생각했다. 주변 가족들도 먹고 살기가 바쁘다는 명분으로 침묵하고 있었다. 아우로부터 피란하고 있었다. 언젠가 제수씨가 지나가는 말로 병원 입원을 언급한 적이 있었다. 그 말을 모두 까맣게 잊고 있었다. 부모님들도 별반 나와 다르지 않게 암묵리에 바라보고 있는 실정이었다.

그러나 아우의 면회를 다녀온 후 생각은 달라졌다. '이건 아니다. 해결이 아니고, 치료도 아니다. 새로운 갈등의 시작이다.'라고 생각했다. 어디가 시작인지 끝은 어디인지 캄캄했다. 일단 정신과 전문의에게 어떤 상태인가? 입원 절차가 적법하게 이루어졌는가? 요양인가? 치료인가? 감금인가? 하는 몇 가지를 물어 봤다. 의사의 진단이 입원이 필요한 상황이든 변명이든 의사를 신뢰한다는 생각으로 가족들은 의사의 판단을 따르기로 결정했다. 그런데 아우는 분노와 한스런 저주를 퍼부어대는 것이었다. '알콜로 인한 부부 문제'의 진단 결과보다 서로에 대한 신뢰가 깨어져 서로가 심각한 상처를 남겼다는 것이었다. 전문의가 입원이 필요한 상황이라고 판단될 때 보호의무자의 동의하에 입원이 가능하지만 타인에게 피해를 입히지 않고 자해할 우려가 없는 경미한 환자의 경우 정신보건법은 본인의 입원의사에 의한 자의입원을 권장하도록 되어 있다. 아우의 입원 의사에 의한 자의입원이 아니었다. 그러나 두 사람에게는 그런 최소한의 배려조차도 베풀어지지 않았다.

보호 의무자인 아내는 엄포를 놓았다.

"한 달 정도 요양소에서 마음을 가다듬고 돌아오면 행복한 가정을 꾸릴 수 있지만 그렇지 않으면 이혼하겠어요."

처의 서릿발 같은 성화가 여러 번 입으로 내뱉어졌다. 힘든 삶에 지쳐서 그런가 보다 했다. 그런데 제수씨와 남동생 그리고 병원 측이 함께 행동으로 옮겨버렸다. 사후에 시부모도 알게 되었다. 그러나 어떻게 처리해야 옳은지 모른 채 시간이 흘렀다. 시부모님은 심정적으로 아들보다 며느리에게 동정적이었다. 시부모님은 그녀의 요구는 치료 가능한 요양소인 줄로 알고 있었다. 결국 멀쩡한 아우는 엉겁결에 너무나 쉽게 정신병원에 감금되었다. 난 제수씨를 설득하였다. 결국 아우는 가정으로 돌아왔다.

'결혼은 무덤이다. 미친 짓이다.'란 말이 문득 떠올랐다. 근원적인 해결의 접근도 하지 못한 채 나도 상경했다. 그 후 아우는 가족들과 그럭저럭 생활해가고 있다고 했다. 그런 아픔을 잊은 채 어느새 일상으로 돌아와 있었다.

다음해 어느 추운 겨울 세밑이었다. 눈이 소복이 쌓였다. 어머니로부터 전화 연락이 왔다. 시간을 한번 내서 집에 다녀가라는 것이었다. 머리에 스치는 것은 아우의 가정 문제였다. 아니나 다를까 아우 문제였다. 어머니께서는 어떻게 하는 것이 좋은지 나에게 상의를 해 왔다. 이번은 자발적인 입원으로 해결의 명분이 쉽게 찾아지지 않았다. 모두가 지친 상태다. 누군가 먼저 나서서 난마처럼 얽힌 문제를 해결하려 하지 않았다. 덮어두려 하는 듯했다. 가족 누구도 아우의 병원 입원이 필요하다고 판단하지 않았다. 그러나 골치 아픈 모습을 보지 않는 것이 속 편한 일이라 여기었다.

제수씨가 아우에 대해 날을 세우고 있었다. 둘은 서로 민감한 반응을 보였다. 그러던 중 아우가 스스로 병원에 찾아갔다. 심리적 강박인지, 가족에 대한 미안함인지 알 수 없었다. 그날 이후 입원되었다. 스스로 요양이나 치료를 받아야 한다는 아내 말을 그대로 믿었는지 모른다. 아니면 가족들의 미래를 생각했을까? 행동이 제어되지 못해 반복적 행동에 양심의 가책을 느꼈을까? 이런 저런 이유가 있을 거라고 생각했다. 처음에는 가족들도 자기 스스로 갔다는 데에 마음의 부담을 덜고 조금 편한 마음으로 그가 요양하다 나오기를 기대했다. 잠시면 될 줄 알았는데 퇴원은 늦어졌다.

나중에 안 사실이다. 아우의 친구가 메시지를 받았다고 한다. 그곳을 찾아온 사람을 통해 면회를 오라는 것이었다. 아우와 무심한 가족 사이에는 소통이 없었다. 아우가 외부와 소통이 단절된 사정을 알 수 있었다. 그 사이 아우는 아내에게 여러 번 전화 연락을 했다. 그러나 반응이 없었다. 병원비도 지불하지 않아 많이 초조해 하며 불안한 마음을 감추지 못하고 있었다. 아우 친구로부터 이야기를 듣게 되었다. '가족에 대한 나의 역할은 무엇인가? 지금 당장 무엇을 해야 하나?' 생각했다. 즉시 병원으로 전화를 해 사실을 확인했다. 의외였다. 제수씨의 생각이 치료하는 중에 좀 더 시간을 갖고 냉정해졌으면 좋겠다는 반응을 보였다. 난 제수씨의 태도에 대한 연민이 분노로 바뀌었다. 문제의 심각성을 감지했다. 난 즉시 병원으로 달려갔다. 전문의로부터 자초지종을 들었다. 다음날 제수씨와 아이들을 데리고 다시 오겠다고 했다. 그리고 병원을 나섰다. 난 제수씨를 압박했다. 나의 분노에 제수씨도 한 풀 꺾였다.

다음 날 오후 조카들을 데리고 퇴원 수속 준비를 하고서 병원으로 향하였다. 밖에는 눈보라가 몰아치고 있었다. 엘리베이터에 올랐다. 문이 열린 곳은 건물 꼭대기 층이었다. 쇠창살이 앞을 가로 막았다. 순간 답답했다. 시선이 모두들 나에게 쏠렸다. 눈빛이 모두들 간절한 소망을 담고 있는 듯했다. '무슨 사연이 많아 이렇게 가운을 입고 이곳에 머문단 말인가?'

잠시 후 직원이 나타났다. 쪽지를 내밀었다. 신원을 확인하고 이중문이 열렸다. 쇠 소리가 나의 비위를 건드렸다. 잠시 후 아우가 나타났다. 아우는 우두망찰 서 있다가 두 아이들에게 다가갔다. 어깨를 툭 치며 얼싸 안았다. 아내에겐 눈길 한 번 주지 않았다. 눈에는 분노와 원망의 빛이 역력했다. 난 기회를 엿봐 말했다.

"고생 많았지? 무심하여 이제야 너를 찾게 되었어."

내 말에 아무런 말이 없었다. 한참 냉랭한 침묵의 시간이 흐른 후 아내에게 말했다.

"왜 왔느냐? 넌 돌아가라. 난 이곳에서 나가질 않겠다."

아우는 분노했다. 스스로 찾은 입원이 감금되다시피 병동에 유폐되었다. 그곳에서의 생활로 충격이 큰 듯했다. 아우는 제수씨에게 격한 언어를 사용했다. 가슴엔 앙금이 남아 있는 듯했다. 그러나 그의 목소리는 바람 빠진 허풍 소리처럼 들렸다. 제수씨의 눈치를 살피는 듯했다. 수시로 해대는 협박성 말투와 힘들어진 생활고를 모른 체하고 있었다. 술도깨비가 하는 일은 예전과 크게 다르지 않았다. 아내를 믿고 제 발로 걸어가 새로운 출발을 다짐하고 간 길이었다. 그렇게 멀고 힘든 것이란 걸 깨달은 듯했다. 장만해 온 음식을 내어 놓았다. 아우의 상태를 살폈다. 장만해 온 음식은 퇴원 여부를 판단하는 시간 벌이였다. 도리어 아이들에게 내어 놓으며 먹으라고 권했다.

"환자와 의사가 교감이 있는 병원이 아니야. 의사와 보호자 사이 교감이 있는 병원이야. 요양이나 치료를 느낄 수 없고 인권정신을 생각할 수 없는 감옥보다 못한 곳이야."

불쑥 말을 던졌다. 병원의 실태에 대한 원망과 비난인 듯 들렸다. 그의 말 속에는 아내에 대한 배신과 불신이 배어 있었다. 퇴원 수속을 밟으러 왔다고 했다. 아우는 마음을 풀지 못했다. 불편한 침묵이 흘렀다. 시간이 꽤 지체되었다. 한참 뒤에야 아우는 자신의 속을 털어 놓기 시작했다.

자발적으로 병원으로 걸어왔다. 의사와 상담하고 입원 절차를 밟았다. 처음 상담을 실시하고 한 주에 한 번 정도 상담이 실시되었다. 알 수 없는 약을 주었다. 처음 며칠은 잠만 자꾸 와서 기력이 점점 떨어졌다. 아우는 "다음부터는 복용을 하지 않겠다."고 했다. 한 번의 입원 경험이 있었다. 하지만 이번은 선별된 환자로 지난 번 치료와 다른 요양이 될 수 있어야 했다. 그런데 치료와 요양은 불가능한 수용소라고 했다. 입원되어 외부와 철저하게 격리되어 고난의 날을 보냈다.

"생각만 해도 몸서리쳐진다."

아우는 몸을 부들부들 떨었다. 멀쩡한 자신이 왜 폐쇄 병동에 감금되었는지 이해하지 못했다. 치료 외적인 요소가 작용한 것에 분노했다. 분명 사람이 생활하고 있는 곳인데 온기라고는 느낄 수가 없었다. 병실이 아닌 작은 공간 하나가 있었다. 그곳에서 환자들은 적으나마 햇볕을 쬐고 약과 밥도 먹었다. 좁은 바닥에 앉아서 밥을 먹기가 일쑤였다. 추운 겨울인데 비싼 기름 값 때문인지 난방이 제한적으로 공급됐다. 그는 열악한 환경에 대한 고초를 털어놓고 있었다. 그는 너무 자신이 한심하고 불쌍하다고 했다. 퇴원하면 그곳의 실상을 알려서 도움을 주고 싶다고 했다. 계속 자신의 속을 풀어내고 있었다.

"내가 이곳에 왜 왔는지를 잊어버렸어요."

더럽고 지저분한 환경 외에도 아우는 가장 답답했던 것은 바로 통신과 산책, 면회의 자유가 전면적으로 금지되었다는 것이다. 처음은 상담과 산책도 다소 이루어졌다고 했다. 언젠가부터 산책이나 면회도 안 되었다. 전화나 편지 같은 것도 금지당했다고 가슴 아린 이야기를 긁어내고 있었다. 그러나 현실은 처한 상황을 잘 벗어나지 못함도 알고 있었다. 짐승도 우리에 가둬놓고는 주인 잘 만나면 일정 시간 자유를 누린다. 환자는 보호받을 존재인데도 산책도 못했다. 전화를 하려고 해도 명분을 내세워 못하게 했다. 한마디로 치료는 강금이었다. 전문의가 처의 동의 없이는 통화 연락도 안 된다고 제한했다.

"내 발로 걸어 왔는데 처 허락 유무에 따라서 되고 말고 한다니 그게 말이나 됩니까?"

벽의 한계를 체험한 목소리는 분노보다는 좌절의 체념이었다.

"난 치료와 요양이 필요한 환자가 아니라, 흥정의 대상이 되어 철창 안에 갇혀 값이 매겨지는 상품이었어."

절규하듯 말했다. 울분에 겨워 체념을 곱씹고 있었다. 처음 며칠은 상담과 산책으로 생활을 했다는 것이다. 아내와 퇴원 언급이 있은 후로는 본인의 기대는 사라졌다. 자신의 의사와는 전혀 상관없이 냄새나고 퀴퀴한 폐쇄병동으로 옮겨졌다. 외출은 물론 산책도 철저하게 금지되었다. 외부와의 연락도 일체 불허되었다. 자신의 발로 걸어왔다. 어쩌면 처의 말대로 정신과의 치료를 받아야 한다는 생각을 한 것 같았다. 지난번 강제 입원의 악몽이 아우를 괴롭히고 있는 듯했다. 서로가 부딪힐 때마다 걸핏하면 협박성 언어가 난무했다. 정말 강박감을 느꼈는지 모른다. 아우는 그런 생각을 마음에 담고 분노하고 두려워하는지도 모른다. 그의 시선은 아이들을 지긋이 바라보았다. 어느새 창문 쪽으로 시선이 옮겨갔다. 나도 자연스레 아우의 표정을 훔치며 창을 향하였다. 표정은 일그러져 바깥 한기를 느끼는 것이 아니었다. 한스러움을 담고 두려움에 떨고 있는 듯했다.

　창밖의 빛은 점점 기운을 잃어가며 철창 안으로 스러졌다. 어둠이 무겁게 내리고 있었다. 울분과 분노를 보따리 풀어놓듯 끝없이 토해내고 있었다. 아우는 몸서리치고 있었다. 병원은 몸과 마음이 성치 못해 찾아온 자들이 편안하게 쉬어야 할 곳이다. 그가 느끼는 건 반목과 질시 속에 울부짖는 낭패감을 맛보는 자들의 임시 보호소였다. 자유의 한계를 절실하게 체감하고 있었다. 지푸라기라도 잡듯 절규하고 있었다. 짐승보다 못한 푸대접을 받고 있었다. 자신 이외 누구도 자신의 심정을 나눌 수 없다고 체념했다. 하루빨리 이 현실을 외부로 알려야 했다. 이 사실을 알게 된 건 아우 친구의 면회를 통해서였다. 가족들은 제수씨와 서로 미편하지만, 연락은 이루어지는 줄로만 알았다. 아우에게 절실한 아픔과 고통이 있는 줄은 아우를 만나고서야 알게 되었다. 아우의 퇴원 요구에 처가 응하지 않아 소통이 끊어졌던 것이다. 무사히 정신병원에서 '퇴원'하기까지 얼마나 기대하고 긴장을 했던지 우리를 만나 이야기를 나누는 도중 의자에 드러누웠다. 향정신성 약물 복용인지? 현실적 한계의 체념인지? 아우는 어지럼증을 호소했다. 몸 건강도 많이 쇠락해 보였다.

지난번 입원에서 도립의료원 정신과 전문의로부터 '부부가 서로 해결해야 할 문제'라는 판단까지 받았던 터이다. 그때도 병원서 나오자마자 며칠을 앓아누워 꼼짝도 못 했다.

그 당시 전문의는 아우에게 한 이야기인지 일반적 관심 대상자에게 한 이야기인지 이렇게 말했다.

"자아는 초자아와 본능 사이에서 조절이 필요하다. 현실 지각이 원활히 안 될 경우 가족들의 메시지를 알아차리지 못한다. 현실 적응의 문제가 있으면 가족들의 메시지를 잘못 지각, 해석한다. 때론 상황에 적절하게 대처가 안 되어 폭언이나 폭력 또는 알코올 중독과 연결될 수 있다. 만약 현실 검증력이 심하게 떨어져 있을 경우 정신과 의사가 개입하여 약물치료나 정신치료가 필요할 수 있지만, 평소에는 잘 있다가, 어떤 한마디 또는 일순간의 상황에서 가정폭력이 발생한다. 너무 쉽게 화를 낸다. 폭언이 되어 나타나고, 폭행으로 이어지는 경우가 많다."

장황하게 이야기를 늘어 놓았다. 장애로 인한 현실적응력이 떨어지기는 하지만 '정상'이라는 판단까지 받고는 억울함에 수일을 밤잠도 잘 수 없었다고 한다. 더 분하고 억울한 것은 달려와서 무릎 꿇고 사과를 해도 모자랄 판에 아내가 찾아와 내뱉는 말이 가관이었다.

"도저히 못 살겠다. 병원으로 가든지 갈라서든지 결단을 해요."

선택을 강요했다. 아내의 언행이 밉고 억울하고 분했다. 자식이 애물단지였다. 혹시 사과하고 용서를 빈다면 다시 시작할 수 있지 않을까 희망도 건 듯했다. 그런데 도리어 허울 좋은 요양이라니? 뭐 이혼소송? '적반하장도 유분수'라고 기가 막힐 노릇이었다. 아우는 현실적 욕망을 만족시키기 위해 생산적 노력을 보이지 않았다. 발악적으로 생명을 또 다른 방법으로 소비를 해대고 있었다. 자신의 생명을 구하려는 자는 잃을 것이요, 자신을 위하여 생명을 버리는 자는 구원받을 수 있음을 잊고 있었다. 아우가 이혼의 결정을 한다면 당연히 처가 이혼을 선택할 줄 알았다. 그런데 내가 보기엔 제수씨가 명분을 찾고 있었다. 천금보다 귀한 자식까지 상처를 줄 수 없고 가정을 깰 수 없다는 것이다. 아우의 속내를 읽고 이혼은 피하려는 의중이 엿보였다. 제수씨는 지난번 사건의 경우와 마찬가지로 이번에도 가족들의 묵시적인 지지로 고무되어 있는 듯했다. 가족 전체의 화평을 위해서는 아우가 요양을 통해 건강한 모습으로 가족의 일원으로 돌아오게 해야 한다는 명분을 내걸고 있었다. 그때까지도 가족 모두는 제수씨의 의중을 눈치채지 못했다. 제수씨는 아우로부터 도피처를 알고 있는 듯했다. 치료를 명분으로 반격의 폭력을 꿈꾸는 듯했다.

어둠이 내려 창밖을 분별할 수 없었다. 아우는 발악적으로 생명을 계속 소비해대고 있었다. 가슴에 묻어둔 이야기를 거의 풀어낸 듯했다. 그러자 노기가 서린 눈과 험악한 얼굴은 이내 흰 눈의 색을 찾아갔다. 아우는 편안해 보였다.

아우의 이야기를 다 들은 이후 난 아우와 제수씨의 결혼 생활이 서로에게 무덤이었다고 생각했다. 두 사람은 서로 억울한 자신들의 사연을 털어놓았다. 해결 방법이 없는 상태에서 자신의 방법대로 해보겠다는 의지를 확인할 수 있었다. '알코올로 인한 자신의 폭력이 또 다른 폭력'을 불러내고 있음을 직감했다. 그들의 행위는 현실도피의 수단이었을 거라 짐작했다.

지금 아우는 어려운 처지에 놓였다. 그때마다 형으로부터 버림을 받았다고 원망하고 있었다. 아우에게 경계가 찾아왔을 땐 선보단 악을 다행보단 불행을 불러내는 것이 안타까울 뿐이었다. 그가 어려움에 처해 있을 때 정작 난 그로부터 멀리 도망가 있었다. 아우의 유년시절 기억을 떠올렸다. 그때도 둑에 쭈그리고 철사를 끊다가 아우만 남기고 도망칠 때도 지금도 난 그로부터 멀리 도망가 있었다. 난 아무 도움을 줄수 없는 불안한 기우를 하고 있었다.

난 아우에게 물었다.

"이곳에서 퇴원하면 가장 먼저 무엇을 할 거야?"

그는 침묵하다가 한참 후에 입을 열었다.

"떳떳하게 아이들을 만나보는 것이죠. 아내가 얼마나 세뇌를 시켜놨는지 처음에는 와서 얼싸안기던 애들이 지금은 지 애비가 정말 미친 줄 알고 슬슬 피합니다. 그런 애들을 보면 가슴이 찢어지고 사는 희망이 안 보입니다. 하루라도 빨리 매듭을 짓고 정신병자라는 오명도 씻어서 사랑하는 우리 아이들을 떳떳하게 품에 안아보는 것이 지금 제일 큰 바람입니다."

잠시 무엇이 어뜩거리는 듯 입을 달막이려다 침묵이 흘렀다. 결국은 처에게 속내를 드러내고 있었다.

"처음 시작은 음주로 인한 부부 다툼에서 비롯되었지요. 이것이 점점 신뢰를 잃어가고 급기야는 당신의 극단적 판단에 의한 강제 격리가 되었지요. 물론 폭언 폭행도 있었지. 병원 치료를 명분 삼아 감히 날 격리를 수 있어? 내가 병원에 신세를 져야 할 상황이라면 의사와 내가 상담과 진료를 거친 후에 절차를 밟아야 하는 거 아냐? 절차가 무시되고 당신의 감정에 의존한 주관적 판단에 따라 전격적으로 감행될 수 있는 거야? 혹시 내가 정말 치료가 필요한지도 모른다는 생각에 내 발로 병원을 찾은 것이 이렇게 멀고 힘들게 돌아올 줄은 몰랐지. 당신도 할 말이 많고 힘든 결혼 생활이었지만…. 이젠 서로 신뢰가 깨어졌어. 이건 또 다른 폭력이야!"

아우는 뭔가 불편한 선택을 했다. 선택이란 탐욕으로부터 자유로운 해방이었다. 방종에 가까운 악과 파괴에 의해 삶의 고통으로부터 벗어나는 것이었다.

난 무거운 분위기를 느끼며 퇴원 수속을 밟겠노라고 말했다. 시간이 지체되어 퇴원 수속을 서둘러 밟고 밖으로 나왔다. 전날 내린 눈으로 온 세상이 흰빛이었다. 아우는 병원서 나오자마자 바닥에 주저앉더니 땅바닥에 드러누웠다. 바람은 차갑게 느껴지기보다 미란하던 머릿속을 헹구어내듯 확 씻어내고 있었다. 밖은 전날 내린 눈으로 온통 선량한 세상처럼 깨끗했다. 아우는 물 만난 고기처럼 자유롭게 하늘을 향해 헤엄치고 있었다. 그는 바깥 공기에 취해 길게 호흡을 하며 공기의 소중함을 느끼는 듯했다.

불쑥 난 아우에게 한 마디 던졌다.

"너의 주례를 보셨던 목사님께서 '평소 교회에 나와 하나님 앞에 한 번 서 보라.' 하셨는데 어쩔 작정이냐?"

"공기가 가까이 있을 땐 고마운 줄 몰랐더니 이제야 공기의 소중함을 실감할 수 있네."

동문서답하듯 차분한 어조로 말했다. 잠시 후 정신을 추슬렀는지 일어나 천천히 걷기 시작했다. 아내와 아이들은 말 한마디 없이 몇 걸음 처져 아비 뒤를 따랐다.

아우는 뒤 따르던 아내를 향하여 말했다.

"내가 병원 신세를 져야 할 만큼 심각한 경계라 생각하나? 우리의 근본 문제가 알코올로 인한 것이라면 고통받은 당신의 소망대로 물리적 격리로 병원에서 요양과 치료로 가능한가? 치료 후 정상 생활로 복귀가 가능한가? 복귀는 언제쯤이라고 생각하나? 나 같은 처지의 사람들이 사회에 복귀해 정상생활을 하는 이가 얼마나 되고 가능한 일인가?" 과연 신체적 장애를 안고 정신적 장애까지 입은 내가 이 세상을 온전하게 떠받고 제대로 갈 수 있을까?"

하고 진리를 찾기 위한 선문답을 하고 있었다.

침묵이 흐른 한참 뒤 그는 말을 이었다.

"내가 이곳 생활을 통해서 숙제를 갖고 나왔어."

"가정과 아이들을 구하고 나를 위한 방편을 찾아야겠어."

아우는 희망을 혼자말로 중얼거렸다. 아이들과 거리를 두고 앞서가던 아내는 아무런 대꾸도 없이 한 걸음씩 발을 옮겨놓았다. 아우는 결심한 듯 아내에게

"더이상 힘들어하지 말고 당신 갈 길을 가라. 아이들은 걱정 마라. 이제 자기들 앞가림은 할 나이는 되었으니…"

나와 바둑을 둘 때 판의 정세를 판단하면 한 판을 쉽게 던지듯이 불쑥 한 마디 던졌다.

아우는 처절한 몸부림을 하고 있었다. 소비하는 삶의 방식과는 다른 결심을 한 듯했다. 현실적 욕망에서 벗어나 건강한 에너지를 소비할 준비가 된 듯했다. 이전은 주변과의 관계가 적대적이고 불편한 것이었다. 이제는 서로의 연대의식을 찾아가고 있었다. 아울러 내가 고통 받고 있다가 아니라 우리 모두가 고통 받고 있으며 모두 불행하다고 인식하고

있었다. 자신이 자유롭기 위해 소유라는 욕망을 기꺼이 포기한 한 마디였다.

"아무도 우릴 아무도 도와줄 수 없지. 때론 불편한 선택이 영혼을 맑게 할 수 있어."

서로의 선택이 자신들의 영혼이 맑아지고 근원적인 불행으로부터 벗어나려는 소망을 담는 것 같았다.

앞서가던 제수씨는 아무런 대꾸도 없이 한 걸음씩 발을 옮겨놓았다.

'세상 끝나는 날까지 닥쳐진 불행에 대해 마음에 흡족함을 느끼지 못한다.' 하면 어떡하나? 난 염려하고 있었다. 그녀에게 던져진 선택의 자유를 얻어도 현실적 상황에 머물러 있는 한 아우의 모처럼의 통찰도 소용없을 듯했다.

아우는 길을 가다가 쪼그리고 앉아 눈을 뭉쳐 조몰락거렸다. 일어나 아이들을 향해 힘껏 던졌다. 아이들도 멋쩍게 눈을 뭉쳐 애비에게로 던졌다. 흰 눈빛은 가로등 불빛을 머금은 채 반사되어 강한 기세로 아우의 몸속을 파고들고 있었다. 그러나 멀찌감치 뒤따르던 아이들은 점점 흰 불빛을 등지고 달빛 속으로 사라지고 있었다. 달빛이 차분히 내리고 있었다. 나는 어린 시절을 떠올렸다. 정월 대보름 달빛 아래 아우와 쥐불놀이할 때였다. 하늘로 솟아오르는 불꽃의 황홀함을 보았다. 며칠 지나면 첫 쥐날이다. 해마다 첫 쥐날(上子날) 또는 정월 대보름 전날에 달이 뜨기를 기다렸다. 그 무렵 나는 동생과 동네 애들과 함께 둑 아래서 쥐불놀이를 즐겼다. 대개 바람구멍이 숭숭 뚫린 빈 깡통을 사용하였다. 깡통의 양쪽에 구멍을 뚫었다. 철사로 내 키만큼 길게 끈을 매달았다. 깡통 안에 오래 탈 수 있는 장작개비 조각이나 솔방울을 채웠다. 다음 불쏘시개를 넣고 허공에다 빙빙 돌렸다. 저마다 불을 붙여 들고 빙

빙 돌리면 불꽃이 원을 그리며 밤하늘을 아름답게 수놓았다. 그런 황홀함을 즐기는 밤이었다. 그러다가 '망월이야!'를 외치며 논두렁 밭두렁에다가 불을 붙이는 것이었다. 이는 농작물에 피해를 주는 쥐를 잡고 들판의 마른 풀에 붙어 있는 해충의 알을 비롯한 모든 잡충을 태워 없앤다. 뿐만 아니라 타고 남은 재가 다음 농사에 거름이 되어 곡식의 새싹이 잘 자라게 하기 위한 소망이 담겨 있다. 이날 불을 놓으면 모든 잡귀를 쫓고 액을 달아나게 하여 한 해 동안 아무 탈 없이 잘 지낼 수 있다고 믿었다. 나는 아우의 가정에도 새 기운이 자라기를 소망했다. 어느새 아우 가족의 무탈함을 빌고 있었다.

날씨는 정신이 획 들 만큼 차가웠다.

"이 겨울 이겨내면 나와 당신에게도 가족 모두에게도 따뜻한 봄은 영락없이 오겠지? 화창한 봄은 몰라도…."

하고 아우는 알 듯 모를 듯한 소리로 아름아름했다.

아우는 기우뚱거리며 불안하고 미편한 절름발이 걸음을 살름거리며 걷기 시작했다.

늑대의 복지

　칼날북풍이 아파트 바람길 따라 몰풍스럽게 지나간다. 이삿짐이 고가사다리를 타고 오른다. 엘리베이터를 타고도 오른다. 매운 날씨가 이삿짐을 재촉한다. 엘리베이터에서 사람이 이삿짐에 밀린다. 추운 사람들에겐 이사가 야속하다. 거친 목소리가 바람결에 날려간다. 살바람이 스트레스 주듯 공동체 아파트를 자극했다. 사람들을 엘리베이터 통로 앞으로 몰고 간다. 한기는 승강기를 타고 오른다. 각자 출입문을 따라 세대로 흩어진다. 세대들은 모두가 제자리를 못 찾는다. 입주 지정일이 겨울을 분주하게 달구었다. 며칠 사이 입주는 이웃을 반 정도 만들었다. 집은 사랑이 깃든 복지 공간이다. 언제쯤 안팎이 안정을 찾을까? 정리된 집을 그렸다.

　입주 준비를 끝내고 살던 집으로 돌아섰다. 외투가 얼굴만 남겼다. 코끝으로 바람이 스쳤다. 코털이 곤두섰다. 눈두덩에 성애가시가 솟았다. 아파트 단지는 비정한 사람만큼 냉랭했다. 바람에 뜀박질하다시피 집에 도착했다.

　"날씨가 꽤 춥지요."

아내의 목소리가 낭랑했다. 새집의 힘이 작용한 듯했다. 아이는 다마곳치 키우기에 열중했다. 흰색 바탕에다 테두리에 노란색이 약간 섞인 계란 같았다. 한때의 열풍이 떠올랐다. 업그레이드된 플러스에 신나 했다.(캐릭터에게 다양한 종류의 음악을 지속적으로 들려주면 여러 가지 디지털 애완동물이 각기 다른 모습으로 자라난다. 캐릭터를 성장시킨다.) 사내아이는 생명을 멈추지 않기 위해 먹이고 재우고 뒤처리까지 했다. 때로는 생명을 제어하기도 했다. 아이와 다마곳치는 서로 감정을 교감하고 있었다.

입주가 이뤄진 어느 토요일이었다. 아파트 단지도 제법 정리되었다. 햇살이 생기를 머금었다. 새로 단장된 정원수들이 움실거렸다. 정원은 푸른 기색을 띄웠다. 햇볕 좋은 창틀에 이불이 널린 집이 간간이 눈에 들어왔다. 겨우내 닫힌 창도 많이 열렸다. 베란다에 분갈이도 한창이었다. 아파트는 제법 제자리를 찾았다.

오후쯤 벨이 울렸다. 낯선 여자의 방문이었다. 잡은 접시 위에는 시루떡이 놓였다. 위층으로 이사를 왔다고 했다. 웨이브 진 머리에 안경을 썼다. 키는 시원했다. 깡마른 얼굴에 성깔이 묻어났다.

"잠깐 들어오시죠…."

"오늘은 좀 바쁘네요. 다음 기회에 들를게요."

카랑카랑한 목소리가 사무적이었다. 그녀는 이내 돌아갔다.

저녁 무렵이었다. 드릴 소리와 해머 소리가 요란하게 들렸다. 공사가 진행 중이었다. 아래층인 듯했다. 솜털이 삐죽 섰다. 속까지 더부룩했다. 엘리베이터를 타고 내려갔다. 1층에서 심호흡을 했다. 체조도 한 번 했다. 여전히 소리는 간간이 들렸다. 아래층부터 25층까지 소리를 확인하며 올랐다. 소리가 멈춰지기도 했다. 어느 층인지 구분이 안 되었다. 집 앞까지 올라도 공사 중인 집은 없었다. 현관을 들어설 때였다. 바로 위층에서 소리가 들렸다. '왜 밤에 공사를 하나' 하고 위층으로 향하려다가 집으로 들어섰다. 아내와 아이들도 괜스레 퉁명스러웠다.

"어디서 나는 소리래요?"

아내가 예민하게 반응했다.

"위층인가 봐. 무슨 사정이 있겠지."

그냥 지나쳤다. 밤에는 가급적 피해 낮에 하는 것이 좋을 거라 생각했다. 잠시 후에 방송이 흘러나왔다. 밤에 작업을 하는 집은 지금 멈추고 다음 날 낮에 하라는 것이었다. 주민들의 항의가 있었던 듯했다. 몇 번의 요란한 소리는 더 들렸으나 이내 멈췄다. '낮에 시루떡은 공사를 위한 알림이었던가? 이사는 달포 전쯤에 온 것 같은데…' 하고 생각했다.

다음 날도 공사는 시작되었다. 저녁 시간까지 진행됐다. '오늘이나 내일쯤 끝나겠지.' 어림잡았다. 나흘 더 걸렸다. 얼굴에 점점 화기가 오를 무렵 위층을 찾아갔다. 공사 설거지를 하고 있었다.

위층 여인이 먼저 말한다.

"며칠 꽤 시끄러웠지요?"

"역시 공을 들이니까 보기 좋습니다."

인사치레를 했다. 거실 마루가 뜨고 베란다 천정에도 물방울이 맺혀 곰팡이가 폈다는 것이다. 하자 보수와 인테리어 공사도 함께 하고 있었다. 낮에 직장 일로 오후에 공사를 했다는 것이다. 아무도 없이 공사할 수 없어 무리하게 그렇게 진행할 수밖에 없었다고 했다.

"이웃의 항의도 많이 받았어요." 이웃에 이해를 구하고 있었다.

"이웃들도 사정을 알면 이해하시겠지요, 뭐."

우리 집보다 인테리어가 잘 되었다고 했다. 시선을 옮겼다. 베란다에는 늑대 한 마리가 웅크리고 있었다. 이 집은 늑대를 애완용으로 키우나 보다 했다. 섬뜩했다. 얼뜩 보기에 경계를 하지는 않았다. 오히려 내가 늑대를 경계했다. 송아지만 한 늑대였다. 아파트에 풀어놓으면 당연히 주민들이 경계를 할 것이다. 꼴불견이었다. 강아지도 아파트에선 시선이 곱지 않다. 큰 개는 더욱 격에 어울리지 않았다. 공공시설에 적당한 크기가 아니었다. 순간 난 여인의 얼굴을 흘깃 보았다. 여자의 이미지가 늑대로 겹쳐 보였다. 늑대 같은 여인 그대로였다. 늑대가 애완용이라면 아담해야 한다. 거칠거나 못 생겨서는 안 된다. 온순하며 주인의 말을 잘 따라야 한다. 친근감도 있어야 한다. 그런데 거칠고 공격적이고 야생성이 드러난다.

늑대는 눈이 감씨 모양으로 눈꼬리는 귀 쪽으로 비스듬히 기울어졌다. 눈빛은 갈색이며 어두워 음흉하였다. 귀는 중간 크기이나 머리에 비하여 작은 편이고 쫑긋했다. 모양은 삼각형으로 끝부분이 약간 동그랗다. 귀 사이는 폭이 넓으며 서 있는 귀는 약간 전면 쪽으로 향하고 있었다. 낯선 사람 만나 경계할 때는 귀가 쫑긋 서 있는 게 보통이지만, 내가 서 있는 동안은 귀가 두개골 쪽으로 접혀졌다. 주둥이는 두개골에 비해 큰 편이었다. 코끝으로 가면서 약간 폭이 좁아지는데 뾰족하거나 길지 않았다. 그렇다고 뭉툭하지도 않았다. 코와 입술 그리고 눈 가장자리는 검은 듯하더니 붉고, 붉은가 하고 자세히 살피니 갈색이었다. 어깨는 미끈하게 적당히 경사졌다. 앞다리는 매우 뼈대가 굵고 근육질이었다. 발은 고구마 모양의 설피를 신은 것 같이 두꺼우며, 발바닥은 크고 단단하여 탄력이 좋을 듯했다. 발가락은 잘 구부러져 있으며 발가락 사이에 틈이 좁아 털이 없었다. 발톱은 짧고 강해 보였다. 뒷다리는 넓고 육상선수 넙적 다리처럼 매우 강한 근육으로 되어 있었다. 무릎 관절은 적당하게 구부러져 있었다. 꼬리는 부드러운 털의 빗자루 같았다. 영락없는 늑대였다.

시선은 위층 여인을 훔쳤다. 안경 너머 눈매에서, 늘씬한 허리춤으로 종아리로 흘렀다. 늑대를 통해 여인의 모습을 통합해 내었다. 눈 골을 보아 아주 영리해 보였다. 겉으로는 부드러워 보이나 속으로는 엉큼하고 누구와도 타협하지 않고 독단적이며 자존감이 강하고 공격적으로 보였다. 바로 늑대 같은 여인 그대로였다.

늑대의 눈 골을 타고 흐르는 여인에 대한 느낌은 개운하지 않았다. 친근감을 느낄 수 없었다. 특히 이 늑대 길들이기는 매우 어렵게 느껴졌다. 어느새 나는 여인을 경계하고 있었다. 처음은 불쾌한 맘이었다. 공동체인 이웃에 대한 이해를 얻고자 찾아갔다. 잠시 후 인사를 하고 집을 나섰다. 마음이 텁텁했다.

"공사 잘 마무리 짓고 행복하게 잘 사세요."

이해와 공감이 없는 빈손으로 돌아왔다.

장마로 비가 오락가락하는 오후였다. 물에 잠긴 도로를 질주하는 차가 빗물을 튀기며 지나갔다. 피해 볼 겨를이 없었다. 습도가 높고 몸은 칙칙했다.

오늘 비에 젖은 옷에 가랑이가 쓸려 가렵다. 빨래가 쉽게 마르지도 않았다. 금방 빤 옷에서 눅눅한 냄새가 가시질 않았다. 천둥 번개가 치면서 신경까지 예민해졌다. 장마철에 비로 계곡물은 급격히 불어나듯 내 맘도 수위가 높아졌다. 재빨리 위험에서 벗어나야 한다. 위험수위 넘치면 순식간에 위급한 상황이 닥치게 되기 때문이다. 쓸데없는 생각에 미련을 두지 말고 맘을 진정시켜야 한다. 샤워를 하고 마음을 가라앉혀 본다. 장마철에 비가 오락가락하듯 내 맘도 변덕스럽다. 바닥부터 차오른 습기에 방습제는 물이 가득 찼다. 녹차를 마시며 냄새를 삭인다.

이미 벽에 꽃이 검게 피기 시작했다. 욕실은 곰팡이와 물때가 생겨 미끄러웠다. 특히 타일 틈새에 쏴 놓은 실리콘은 거뭇거뭇 얼룩이 졌다. 노래기가 미끄러지듯 다리 위를 지나간다. 몸 옆 부분에서 불쾌한 액을 분비하며 사라진다. 냄새가 고약했다. 나로부터 자신을 보호하고자 함일 거라 생각했다. 나도 주변의 변화로부터 나를 보호하고 있었다. 이 벌레는 위층 정화조를 타고 오거나 또 빗물이 새 들어가 악취를 풍기는 틈새가 있는 문지방이나 창틀, 갈라진 벽 사이로 왔을 거라 여겼다. 늑대의 배변은 화장실 정화조를 타고 내려가거나 바닥에 신문지 깔고 처리하여 쓰레기봉투 안으로 들어갈 것이다. 그 통로가 욕실 안 정화조 통로거나 엘리베이터일 것이다. 역겨웠다. 더 소름 끼치는 것은 늦은 밤에 우는 소리였다. 보통의 개라면 짖는 소리가 들린다. 그 소린 익숙하다. 그런데 위층의 늑대는 잘 짖는 것보다 "워 우~~으~웅" 끙끙 울부짖는다. 깨진 소리였다. 성대 결절한 가수의 소리 같기도 했다. 묘한 기분이다. 속이 매스껍다. 장마철 밤에 듣는 소리에 신경이 곤두선다. 몸이 아픈 환자가 신음하는 소리 같았다. 혼자 외로워 하늘에 고축하며 우는 여인의 애절한 한스러움 같기도 했다. 때론 자다가 갑자기 늑대가 울면 벌떡 일어나곤 했다. 꿈속 소린지 현실 소린지 잠을 설치기도 했다.

인간은 감정을 언어로 표현한다. 늑대는 복잡한 감정표현을 소리로 표현할 것이다. 주인에게 호소하는 소리일 것이다. 그 소리들은 단지 자기들의 생존과 관계되는 표현일 것이다. 늑대 소리가 나를 나약하게 만든다. 물론 이것은 지극히 인간적인 생각이다. 하지만 간혹 사람들을 몹시 괴롭히거나, 슬프게 할 때, 자기감정을 제어하지 못하고 비이성적으로 행동하게 되는 경우가 있다. 감정이 이성을 지배하는 경우인데 이 경우는 지극히 인간적인 불행이다. 오늘은 왠지 늑대소리가 예민하다. 이것은 내가 신경증이 있기 때문일 것이다.

"워우~우~웅~~음 끙끙 워우~우~우웅~웅~음~ 끙끙"

신경이 곤두선다. 끙끙거리는 소리가 나를 압박한다. 소리가 나에게 적대적이다. 관리하는 주인도 예외가 아니다. 지극히 인간적인 불행이다. 늑대가 나에게 주는 불편함이 이제는 고통으로 다가왔다. 어떻게 하면 소리를 끊고 잠을 편히 잘 것인가? 나를 옥죄는 여름밤을 시원하게 만들 수 있을까? 실천할 궁리를 불러낸다. 지금 당장 뛰어 올라가 '잠 좀 잡시다.' 소리 지르고 싶었다. 이웃 간에 쉽게 할 일은 아니었다. 할 수 있는 일은 싫은 소리나 싸움이었다. 애완동물을 키우는 사람이 이웃을 염려했다면 아파트로 몰고 오지 않았을 거다. 다음에 기회가 된다면 조용히 설득시킬 생각이었다. 나 외에도 이런 생각을 하고 있을 사람이 있을 거다. 그들은 어떤 생각을 하고 있을까? 이웃으로서 불편함을 감수하고서 이해하고 넘어가는가? 한계 상황에 도달하면 폭발할 것인가? 아직까지 큰 분쟁은 없었다. 나만 민감하단 말인가? 공사 소리에도 민감했던 나다. 이번에는 더 참을 수 없었다. 공사는 일정한 기간이 지나면 소리가 멈춘다. 이건 다르다. 늑대가 없어지지 않는 한 소리는 들릴 것이다. 이웃이 나보다 먼저 나서 주길 바랐다. 내가 떠나지 않고 위층이 떠나지 않고 오랫동안 살아갈 처지다. 위층 사람들은 이웃을 도대체 생각하는가? 나 같으면 이웃 헤아려 처분할 거라 생각했다. 심지어 작고 귀여운 동물이라면 이해될 거라 생각했다. 조금의 피해라면 감수할 마음도 생겼다. 더운 밤은 서서히 지쳐가며 새벽으로 스러졌다. 결국 시원한 새벽 기운에 몸을 식혔다.

일요일 늦은 시간에야 일어났다. 오후에 산책을 나갔다. 학생이 늑대와 함께 산책을 나왔다. 늑대로 봐 위층 아들인 듯했다.

"야, 너네는 아파트에 늑대를 키우냐?"

늑대가 아니고 개라고 퉁명스럽게 말했다.

"늑대든 개든 이렇게 험악한 것을 아파트에서 키워."

학생은 아무런 대꾸가 없었다. 개에 대한 반감은 아이에도 전달된 듯했다. 그날 오후에 개 울음소리가 없었다. 그러나 종일 몸이 무거웠다.

다음날 아침밥이 모래 씹는 맛이었다. 출근길이 가볍지 못하다. 엘리베이터 문이 열렸다. 위층 가족들의 출근길이었다.

"출근하시나 봐요. 일찍 가시네요." 위층 여인이 인사를 해왔다.

"네." 짧고 무뚝뚝한 대답이었다. 동반한 아들은 나를 실뚱하니 쳐다봤다.

"아래 집 아저씨야. 인사해야지."

아들은 시선을 외면했다.

"아저씨는 뵙기가 힘드네요."

"아, 일찍 출근하고 늦게 귀가하니 그런가 봐요."

여인도 아이들을 차량으로 등교시키고 늦은 시간에 출근한다고 했다.

인사는 나눴으나 전날의 분노가 살아났다. 불편한 말을 쏘아붙일 듯한데 입이 떨어지지 않았다. 나의 심기를 드러낼 시간과 분위기가 아니었다. 엘리베이터를 나서는 순간 기회는 사라졌다.

어느 가을날 아침 출근길에 서리가 잔뜩 내렸다. 아내가 오늘 우리 집에서 반상회가 있을 거라 했다. 일전 방송 안내도 있었다. 엘리베이터 게시판에도 게시되었다. 일과 후 핑계 삼아 술자리로 갔다. 반상회가 끝났거니 하고 귀가를 했다. 반상회는 계속되고 있었다. 시선이 모두 나에 쏠렸다. 이야기가 어느 정도 열기가 있었다. 들어서자 아내가 남편이라고 소개를 했다.

　이야기가 다시 시작되었다. 논의 내용은 초기에는 쓰레기 분리수거 방법, 하자 보수, 공동주거생활에 미치는 피해 행위, 공동체 관리 규약 및 동 대표 선출 등이었다. 하자 보수에 대한 이야기가 어느 정도 정리되었다. 화제는 공동 주거 생활에 피해 주는 행위에 대해 논의되었다. 반장이 당 아파트 동물등록시행 시범 실시를 언급했다. 이번 주 내로 등록과 서약서를 제출해 주기를 홍보했다. 애완동물 사육자의 준수사항을 규정했다. 청결상태 유지, 소음유발 방지, 연 1회 이상 광견병 예방접종 등을 철저히 할 것과 어린이놀이터에 출입을 금지하고 승강기 탑승 시 목줄을 해 입주민들에게 혐오감을 주지 않도록 할 것을 강조했다. 공동체는 법보다 양식이 우선입니다. 그리고 동물보다는 사람이 우선이라고 덧붙였다. 문제가 생긴다 하더라도 마땅한 해결방법이 불가능함을 주지시켰다. 논의가 활기를 보이자 이해 당사자들은 눈빛이 달라졌다. 목소리 톤도 달라졌다. 어느덧 이야기는 단지 내의 '애완견 동호회' 시행세칙을 만들고 자정하는 데까지 의견을 끌어내고 있었다. 이야기가 어느 정도 정리가 되어 갔다. 덩치가 크고 눈이 부리부리한 여인이 한 마디 던졌다.

　"어떤 여편네는 시아버지는 안 모시는 게 개는 끼고 돌더라. 인간 존중도 못 하는 게 동물 사랑? 한마디로 웃기는 일이지."

　우리 라인 이야기는 아닌 듯했다. 그때 옆집 여인이 또 한 마디 하고 나섰다.

　"위층 동물은 늑대요, 개요? 송아지만 한 것이…."

　모두 시선이 위층 여인에게로 쏠렸다. 여인은 순간 당황하는 빛이 역력했다. 잘 끝나 가는 데 무슨 이야기냐는 눈치였다. 여인은 이제까지 입을 다물고 있었다. 모두 한 번쯤은 늑대를 승강기 안에서 마주친 적이 있는 듯했다. 아, 늑대 울부짖는 것 같은 소리가 그 집에서 났구나 하는 반응을 보이는 사람도 있었다. 옆집 여인은 작정한 듯이 덧붙였다.

"그 소린 언제쯤 안 듣게 될까요?"

그 말에 위층 여인의 얼굴이 상기되었다.

"아파트에서는 너무 큰 것 같아. 늦은 밤에 간혹 잠을 설치는 경우가 있어."

다른 여인 한 마디 거들었다.

"나도 지난번 승강기에 탑승하려다 깜짝 놀랐어."

여기저기서 한 마디씩 불쑥 던졌다. 나는 이야기 진행 상황을 지켜봤다. 위층 여인은 입을 열었다.

"이웃에 원치 않는 피해는 컸지만 '늑대'는 저와 함께할 거예요."

늑대는 생김에 따라 사람들이 그렇게 불렀다. 모두들 성의 없는 대답이라 여겼다. 지금까지 열띤 논쟁에 찬물을 끼얹었다. 최소한도 원만하게 처리되길 바랐다. 옆 집 여인이 한 마디 내뱉었다.

"무슨 염치로 그런 말을 하는지, 원. 세상에 애완용 개를 키우려면 작고 귀여운 조그만 거라도 바꾸겠다든지. 아니면 처분한다든지 뭐 그런 이야기라도 나와야 되는 것 아니야."

"정 싫다면 이사라도 가든지. 우리도 살아야 할 것 아니야."

나도 내심을 내뱉고 싶었다. 나는 지원군을 얻은 듯했다. 그래 잘한다. 이번 기회에 상황이 달라져야 한다. 위층 여인은 피해 안 가도록 노력할 테니 이해해 달라 애원했다.

옆집 여인이 쏘아붙인다.

"앞으로 상종 못 할 사람이야."

자리를 박차고 일어섰다. 물리적 충돌이라도 일어날 판이었다. 그러나 위층 여인은 눈을 지그시 감았다. 눈물을 훔치기 시작했다. 사태가 이 정도 되자 반장이 일어나 사태를 수습하려 하였다.

"자, 우리 공동체가 갈등 없이 행복하게 잘 살아보자고 하는 것인데 서로서로 이해하고 원만하게 문제를 해결했으면 좋겠네요. 조금씩만 양보합시다."

"오늘 모두 수고 하셨습니다."

말 떨어지기 무섭게 하나둘 자리를 떴다. 난 어느 정도 마무리가 잘 되길 바랐다. 그런데 결과가 엉뚱한 방향으로 흘러갔다. 마지막으로 반장을 돌려보냈다. 모두 자리를 떴다. 여인은 눈물을 계속 훔쳤다. 이 상황을 지켜보던 아내는 여인을 진정시켰다. 여인은 애초 참석하지 않으려 했다. 그런데 예상이 현실이 되었다. 나는 자리를 벗어나 안방으로 피했다. 여인과 아내의 이야기가 계속되었다. 난 자연스레 귀를 열어 놓았다. 아내는 물었다.

" 개에게 무슨 사연이라도 있나요?"

그러자 여인은 '늑대'에 대해 잠시 머뭇거리다가 무겁게 입을 열었다. 사실 그녀의 어머니는 뇌졸중으로 지체장애 판정을 받았다. 그때 퇴원과 더불어 늑대 같은 개 한 마릴 구해 왔다. 늑대 같은 개였다. 가족의 힘이 부치면 부칠수록 그와 긴밀해졌다. 여인은 늑대의 사연 깊은 이야기를 하고 있었다. 어머니는 늑대를 남기고 떠나셨다. 결국 여인은 간간이 짬을 내어 애완견을 돌보며 그에 대해 공부한 것이며 모친 사후 지금의 아파트로 이사한 내력까지 들추어냈다. 여인은 하소연하듯 이해를 구했다. 이웃의 요구에 부응할 수 없는 사연이었다. 하소연을 들은 후 문밖으로 배웅할 수 있었다. 여인의 얼굴빛은 여전히 무거워 보였다.

어느 일요일 아침 난 뒷산에 올랐다. 옆집 여인과 마주쳤다. 그녀의 옆에는 늑대가 없었다. 여인 혼자였다.

"오늘은 왜 혼자세요?"

하고 물으니 표정이 무거워졌다. 잠시 머뭇거렸다.

"먼 곳으로 떠났습니다."

반가운 한 마디였다. 이웃을 서먹하게 만든 늑대였다. 가끔은 여인과 함께 운동했다. 뒷산 정상에 힘들게 올랐다. 여인으로부터 늑대와 동반 과정을 들었다. 늑대는 15년간 가족이었다. 갑작스러운 호흡 곤란으로 병원에 실려 갔다. '늑대'가 심장마비로 숨을 거두었다. 여인은 고민 끝에 시신을 k대 동물병원 실험동물복지연구소에 기증했다. 늑대는 가족의 일원이었다. 그와의 이별도 의미 있는 기억이 되기를 원했다. 이런 결정을 오랜 시간 가족의 수족이 되었기 때문이요, 외로운 이들과 마음을 나누었다. 늑대로부터 형제나 이웃 이상으로 복지 혜택을 받아왔기 때문이라 생각했다.

그녀는 '한국 애완동물의 복지향상 방향'을 주제로 k대에서 석사학위를 받았다. 동물 복지를 연구한 그녀였다. 늑대 시신을 기증했다. 살아 있는 실습 동물의 희생을 줄일 수 있다는 생각이었다.

한편 동물연구소에서는 피를 뽑는 '실험용 동물'을 따로 사육해 왔다. 해부 실습을 위해 살아 있는 동물을 마취하거나 안락사시켰다. '실험용 동물'은 낯선 이웃을 위해 해부 실습용으로 생을 마감한다. 실험용 동물은 교감을 나눌 겨를도 없었다. 실험실에서는 귀함이나 존엄이 없었다. 실험용 동물은 실험용으로 선택되었다. 실험용 동물은 실험자와 교감이 없었다. 절대 다수 인간을 위해 공헌하는 실험용 쥐는 존엄이 외면됐다. 절차도 의식도 없이 처리됐다.

k대 동물병원에서 장례절차를 밟았다. 애완동물 시신 기증으로 실험동물복지연구소가 운영하는 '동물헌혈기증프로그램'에 따라 진행됐다. 지난봄부터 보호자 동의에 따라 수혈도 받았다. 기증받은 사체는 수의학도들의 해부 실습용으로 이용됐다. 병원 측은 "기증 프로그램으로 인해 실습용으로 희생되는 동물들을 조금이나마 줄일 수 있게 됐다. 연구에 필요한 장기 등이 떼어졌다. 병원 측은 '늑대'를 위해 특별한 장례 서비스를 마련했다. 그녀 가족에 공헌한 공로를 떠올렸다. 묵념이 3분 정도 이어졌다. 늑대와 함께하며 즐겼던 샴푸, 미용기구, 청바지 등 애장품이 나무로 된 관에 넣어졌다. 영면을 고했다. 자식 잃은 부모처럼 가슴으로 울었다. 나머지 사체는 화장장으로 갔다. 며칠 뒤 사리 결정체로 돌아왔다. 장례비용은 수십만 원이 들었다. 늑대는 여인의 벗으로 함께했다. 늑대는 여인의 가족과도 교감을 나눴다. 반려동물이라 불렸다. 애완이란 이름이 붙어. 귀한 자로 분류되어 주인과 교감을 나눴다.

그녀의 방엔 '늑대'와 함께 찍은 사진이 있다고 했다. 사연도 함께 추억의 앨범 속에 남아 있다고 했다. 나는 여인에게 묻고 싶었다.

가족이 함께한 사진은 있던가? 어머니보다 늑대가 더 극진했던가? 그녀가 평소 어머니의 기일을 늑대만큼 챙기는가? 그녀의 방에는 어머니의 흔적은 없다고 했다. 그녀가 감당할 수 없었던 지난 모진 시절의 흔적은 없었다. 현재 그녀가 감당할 수 있는 시절의 흔적이 더 많았다. 가족들은 A사찰에 봉안되었다고 했다. 그녀가 늑대와 함께 보낸 시간을 추억할 수 있게 사진을 담은 목걸이용 펜던트가 제작되었다. 화장 후 칠보옥결정체로 사리가 되어 편지(천국으로 보내는 편지)와 함께 함에 담겼다.

나는 늑대와 그녀의 사연에 대해 점차 궁금증이 발동했다. 그녀가 끔찍하게 여기는 것은 어머니인지 늑대인지 알 수 없었다. 그녀가 고달팠던 시절에 사랑하는 대상은 가족이었다. 가족들도 모두 그녀 곁을 떠났다. 그런데 어머니의 흔적은 확인할 수 없었다. 늑대도 그녀 곁에 없었다. 그러나 늑대에 대한 흔적만은 그녀의 주변 곳곳에 남아 있었다. 나의 마음은 편하지 않았다. 개들이 밤새도록 불안한 울음을 울지 않았다. 그러나 단꿈은 꿀 수 없었다. 내 시선 안에서 대소변을 방치하지도 않았다. 고약한 냄새를 피우지도 않았다. 그러나 늑대에게 혐오감을 느꼈다. 아파트 주변이나 엘리베이터 안에서 만날 때 공격적 자세를 취하거나 물지도 않았다. 그래도 목줄을 느슨하게 하여 다잡지 않는 태도에 두려움을 느꼈다. 늑대에 대한 경계가 이웃집 여인에게 남아 있었다.

여인은 인간 생명의 존엄성과 사회의 평화는 동물 사랑이 가장 기본적인 인식의 바탕이 된다고 강변했다.

"동물이 인간에게 고통을 주는지, 아니면 인간이 동물에게 잔인한 고통을 주고 있는지요?"

그녀는 애완동물들을 방치하고 고통을 주고 잔인하게 구는 것은 인간이라고 지적했다. 여인과 늑대 사이에는 인격화의 상호작용이 있었다.

지난날 아이가 다마곳치에 빠진 모습이 떠올랐다. 다마곳치는 아이의 애완동물이었다. 아이는 생명처럼 소중하게 키웠다. 혼자 먹고, 자고, 누고 할 수 있도록…. 다마곳치와 소리 없이 잘 살았다. 아이와 다마곳치 사이에 인격화 상호작용이 있었다. 바쁜 생활에 쪼들려 다마곳치를 잊고 지냈다. 결국 무관심이 생명을 멈췄다. 그때 진짜 서러워서 눈물을 흘렸다. 무관심 때문에 죽었다. 진실이 아니라 가상이었다. 아이는 다마곳치를 똑같은 감정을 지닌 개체로 간주했다. 마치 다마곳치를 반려자처럼 대했다. 단지 가상적 생명의 움직임이 멈췄다. 아니 반복적으로 생명을 제어할 수 있었기 때문에 죽였다. 아이는 진실의 세계처럼 혼란스러워했다.

여인도 늑대를 똑같은 감정을 지닌 개체로 간주했다. 마치 늑대를 반려자처럼 상호작용이 있었다. 여인은 늑대에게 감정 이입으로 서로에게 강한 유대감을 느끼는 듯했다. 늑대는 그녀와의 어울림에서도 이러한 태도를 분명하게 드러냈다. 그녀는 반려자에 관한 시각을 확인하고 있었다. 아이와 여인의 인격화 상호작용이 오버랩 되었다. 아이도 여인도 대상에 대한 깊은 관심이 있었다. 일방적 교감이 커 보였다. 진정 상호교감으로 느끼는 것인가? 특별한 관심에 의미부여를 하고 있지 않는가? 무관심으로 생명을 멈춘 것에 진짜 서러워서 눈물을 흘리는 것인가? 진정 쌍방향 교감이 되려면 어떤 관계여야 하는가? 당연한 관계인가? 자의적 판단에 의한 특별한 관계인가? 주체와 대상과의 관계에서 스트레스를 주는가? 주체와 대상과의 관계에서 행복을 주는가? 끊임없는 질문을 던졌다.

그녀가 연휴 때 경포에 다녀와서 남긴 말이 떠올랐다. 가족들은 다 떠났는데도 집에는 늑대만 남겨졌다. 연휴 때 집에서 휴식을 취하고 있는 늑대는 이틀 내내 애절한 통곡을 해댔다. 전화벨이 울리거나 문 두드리는 소리에는 더욱 반응이 심하였다. 신음소리는 내 신경을 자극했다.

그때 그녀는 해수욕장에서 행복한 한때를 보내고 있었다. 여행에서 돌아왔다. 문을 여는 순간 신음 소리는 멈췄다. 늑대는 반가와선지 잠잠했다. 주인에게 금방 빗자루 같은 꼬리를 쳤다. 늑대는 그녀를 무척이나 기다렸다. 홀로 집 지키며 외로움을 고축하고 있었다. 그녀는 차마 그 슬픈 눈매를 볼 수 없었다고 했다. "늑대도 많이 힘들었을 텐

데…" 남겨진 늑대에게 자책을 하고 있었다. 그녀는 늑대만 바라보는 식물적 사랑을 나누고 있었다. 늑대는 활동이 필요했다. 늑대는 쌀쌀맞고 음흉해 보였으나 사람을 좋아했다. 그녀가 없는 사이 이웃은 늑대의 찢어진 하울링 소리에 힘들어했다. 이웃은 그녀로부터 소외되어 있었다. 늑대도 여인으로부터 소외되었다. 늑대의 끼니를 챙겨주고 건강도 돌보아야 했다. 적당한 운동을 즐기도록 해 줘야 했다. 여인은 늑대에 대한 일방적 사랑만 있었다. 늑대의 복지는 없었다. 동물 복지란 동물에게 적절한 주거 환경의 제공, 관리, 영양 제공, 질병 예방 및 치료, 책임감 있는 보살핌, 인도적인 취급, 필요한 경우 인도적인 안락사 등이 필요하지 않은가? 그녀가 괘씸했다.

그녀의 이야기는 계속되었다.

"동물을 키워 본 사람들만이 느끼는 감성은 아마 키워 본 사람들만이 알 거예요. 사람에게서 느끼지 못하는 절대적인 사랑을…. 어찌 사람에게서 그런 맹목적인 사랑의 축복을 받을 수 있겠어요? 동물에게서만 느끼는 그 감정과 사랑은 진정한 인간의 사랑과 똑같다는 걸 알겠던데…."

라고 말했다. 늑대의 아기자기한 사랑을 예찬했다. 그러면서도 거칠기만 한 신뢰 없는 당연한 가족 사랑이 다르다는 걸 말하고 있었다. 나의 마음은 편하지 않았다. 그녀에게 묻고 싶었다. 개의 복지를 연구하고 이해하는 사람으로서 가족과 이웃의 복지에 얼마나 신경 썼느냐? 힘든 삶 속에서 어머니의 건강을 제대로 챙기며 관리했는가? 어머니를 위해 차린 밥상이 늑대의 것보다 정성이 있었는가? 안정된 생활 속에 늑대를 보살피는 행위가 소외된 가족보다 극진했는가? 가족과 이웃에 대한 배려는 얼마였나? 동물복지를 운운하며 인간복지에는 얼마나 기여했는가? 나는 거칠기만 한 소외된 가족의 사랑과 아기자기한 늑대의 사랑을 확인하고 싶었다. 아마도 인간보다 동물만큼 순수하고 거짓 없는 존재는 없으니까.

사랑이라는 이름 아래 인간이 늑대와 같은 줄에 섰다. 못마땅했다. 동물복지는 동물에 대하여 인간에게 위탁되어 이별까지 과정에서 생기는 불필요한 스트레스를 줄이는 일이다. 사랑은 스트레스를 줄이는 일이다. 사랑은 인간의 최대의 복지다. 야성적인 나를 문명세계로 이끄는 행복의 힘이다. 장사꾼인 나를 담아 우리와 함께 걸어가게 한다. 우리와 상호교류로 정서적 교감을 나누는 것이다. 그런데도 생명 사랑이라는 명분 아래 인간다움이 경시되었다. 여인은 인간과 인간에 대한 사랑은 잊고 있었다. 여인은 이웃과 관계에서 이웃을 외면했다. 인간적인 상호 교감이 있는 거친 사랑 따윈 없었다. 정서적 교감이 있는 고분고분한 사랑에 행복해했다. 늑대는 여인에게 무례하지 않았다. 정서적 교감이 있는 고분고분한 늑대에게 극진했다. 인간은 다마곳치나 늑대보다 고분고분하지 않다. 이웃은 여인에게 상호 교감이 없는 거친 사랑으로 무례했다. 결국 이웃은 여인으로부터 소외되고 있었다.

늑대는 떠났지만 여인은 이웃을 위해 성대 결절을 했다. 매번 이웃을 위해 광견병 예방접종도 했다. 수시로 이빨 스케일링도 실시했다. 피부병 예방과 청결을 위해 목욕과 샤워도 시켰다. 여인은 늑대의 복지에 많은 공을 들이었다. 늑대는 주인에게 충성심이 강한 반려자가 되었다. 여인도 가족 이상으로 늑대에게 복지를 위해 정성을 쏟았다. 그러나 이웃에 대한 배려는 동물의 애정보다 인간에 대한 신뢰가 먼저 아니가?. 늑대의 복지도 여인만을 위한 것이란 말인가? 그렇게 판단한 것은 가족과 이웃에 대한 태도였다. 친정어머니는 풍으로 사지가 자유롭지 못했다. 그때 여인에게는 목욕이 부대꼈다. 가족의 식사는 바쁠 때 거르거나 대충 차려졌다. 거친 삶 속에서 어머니는 여인으로부터 소외되고 있었다. 어머니는 사찰에 모셔졌다. 늑대만큼은 제때 기름진 음식들로 거두었다. 여인은 늑대의 심장을 마비시켜버렸다. 그녀의 주변에 늑대의 흔적이 가족의 흔적보다 눈에 잘 띄었다. 그녀는 생명의 존엄성을 중시하는 동물애호가였다. 그녀는 늑대의 복지에 더 특별하지는 않았는지? 일방적인 식물적 사랑을 핑계로 어머니보다 늑대에게 더 특별하지는 않았는지? 거친 삶은 동물로부터 인간다움이 소외되고 있었다.

옆집 여인의 한 마디가 다시 귓가에 울렸다.

"어떤 여편네는 병든 시아버지는 안 모시는 게 개는 끼고 돌더라. 인간 존중도 못 하는 게 동물 사랑? 한마디로 웃기는 일이지."

가까운 이웃에도 있을 법한 이야기였다. 인간은 동물에게 많은 죄를 짓는 자들도 있다. 그러나 인간은 반려동물과 깊은 정서적 교감으로 소중한 것을 보상받았다. 여인은 '반려동물'과 정서적인 만족을 얻고 교감을 나눔으로써 더욱 특별한 관계로 발전시켰다. 따라서 늑대는 여인이 돌보고 사랑하여야 할 소중한 존재가 되었다. 늑대는 여인에게 고분고분하며 충성을 바쳤다. 여인도 늑대로부터 복지 혜택을 받아 행복감을 느낄 수 있었다. 여인에게는 늑대가 마치 가족이상의 구성원이었다. 결국 그녀와 늑대는 특별한 관계가 되었다. 늑대는 그녀의 스트레스를 줄이는 행복한 존재였다. 그러나 인간은 여인에게 스트레스를 주는 거리감이 있는 존재였다. 동물 애호가 정서적 교감의 대상이 되어도 좋다. 거칠기만 한 삶은 인간다움을 잃었다. 부모와 형제, 거친 이웃의 거친 사랑이 늑대에 의해 소외되는 것이 아닌가? 늑대 사랑은 선택적 사랑에 의해 생명이 존중받을 수밖에 없을 거라 여겼다. 여인은 당연히 알고 이해한 건 가족이요, 이웃이었다. 여인에게는 가족과 이웃은 정서적 교감이 없이 소외된 당연한 관계였다. 교감한 건 늑대였다. 여인이 복지에 신경 쓴 것도 늑대였다. 늑대는 여인과 특별한 관계의 반려자였다. 나는 여인에게 당연한 관계였는가?

다음날 엘리베이터에서 여인을 만났다. 말없이 목례만 했다. 손가방에는 사진을 담은 펜던트가 걸려 있었다. 펜던트의 사진은 '늑대'였다. 여인의 가족이 늑대로부터 받은 복지 혜택 때문이라 생각했다. 늑대는 여인에게 특별한 관계로 보였다. 아마도 여인에게는 가족과 이웃도 정서적 교감이 있는 특별한 관계였을 것이라 믿었다. 그러나 가족과 이웃은 여인이 키운 늑대로부터 소외되어 있었다. 늑대의 하울링 소리가 가족과 이웃의 한스런 울음이 되어 들리는 듯했다. 여인은 이웃을 위해 성대결절도 했다. 그런데도 불안한 소리처럼 내 신경을 건드렸다.

여름휴가 중 아내와 말다툼을 했다. 약수터를 찾았다. 무겁고 칙칙한 날씨에 몸까지 무거웠다. 길을 막고 텁수룩한 중년 남자가 나를 노려보고 있었다. 간절한 눈빛이었다. 그에게 눈을 돌렸다. 그는 말을 내뱉었다. 발음이 흐렸다. 풍 맞은 듯했다. 그의 신체적 약점을 보는 순간 나의 마음이 약해졌다. 그의 눈빛에 의사를 물었다. 약수터까지 부축해 달라고 답했다. 부축하고 20미터 정도 이동했다. 20분은 걸렸다. 사정을 물었다. 그의 눈빛은 꼭 약수터까지는 가야 한다고 우겼다. 약 300미터 정도의 거리였다. 10분가량 더 흘렀다. 이동거리는 10미터가 채 안 되었다. 나도 일정 있는데 당황스러웠다. 그가 위험에 빠졌다면 하루를 다 허비하더라도 의미 있는 일이라고 생각했다. 나는 그런 몸으로 약수터에 오르는 것은 어렵다고 했다. 그는 약수터를 고집하는 듯했다. 사실 거동이 어려웠다. 그는 바깥세상과 소통하길 원했다. 그는 나의 일정에 대한 이해나 배려는 없어 보였다. 오로지 자신의 목적을 위해 내가 절실할 뿐이었다.

애완동물 다마곳치는 귀엽다. 밥 달라고 조른다. 아이의 혼을 쏙 빼놓는다. 무시로 밥 달라고 조른다. 때론 주인님의 생활에 지장을 초래한다. 성가시지 않다. 가상현실이다. 가치도 없다. 내 스스로 다마곳치에 다가간다. 서로 교감하려 한다. 애완동물 다마곳치는 나와 소통이 없다. 일방적 소통이었다. 내 스스로 절실할 뿐이다. 다마곳치는 나의 일부였다.

약수터는 많은 사람이 지나다닌다. 대부분 사람들은 외면하고 지나친다. 그는 도움을 준 나에게 매달렸다. 합리적 판단을 하고 이성적으로 매달리는 것이 아니었다. 내가 그를 업고 산을 오르는 것은 불가능했다. 나는 그를 설득했다.

"이 상태론 힘들 것 같네요. 돌아갈 때 어떻게 갈 거요?"

나는 그가 절실하지 않았다. 그는 나의 존재의 일부가 아니었다.

등산객이 지나다가 그분 오늘이 처음이 아니라고 했다. 그냥 볼일을 보는 것이 좋을 거라 했다. 그 순간 내 몸에서 오래 묵혀 퍼내지 못한 재래식 화장실 냄새가 났다. 오래된 하수구 맨홀 뚜껑을 열 때처럼 냄새가 솟아나며 나를 질식시켰다. 나는 그자를 주저앉히고 약수터에 올랐다. 지나는 노인이 나에게 너무 신경 쓰지 말라 했다. 그는 자주 약수터에 온다고 했다. 아내는 생계를 위해 출근했을 거라 했다. 아이들도 그를 벗어나 있다고 했다. 그는 아내와 가족들로부터 소외되었다. 노인은 나처럼 애써 약수터에 데려다주는 사람도 있다고 했다. 119구조대에 실려 여러 번 집으로 보내진 전과도 전했다. 처음에는 가족들도 그에게 도리를 다했다. 지금은 가족들도 돌보지 않는다. 이젠 구조대원도 머리를 흔든다. 이젠 연락해도 구조대원도 안 온다. 나는 그의 욕망에 맞섰다. 순순하지도 않았다. 난 그에게 교감하지 않았다. 그는 나에게 특별한 관계는 아니었다. 나는 중년 남성과의 관계를 생각했다. 그는 야생에서 만난 낯선 당연한 관계였다. 날 인정해 주지 못하고 스트레스를 줬다. 실험용 동물만큼도 교감을 나눌 겨를도 없었다. 실험실에서처럼 자의적인 내 판단에 따라 그는 생계라는 이름으로 가족과 이웃으로부터 소외되었다. 귀함이나 존엄도 없었다. 그들의 사랑이란 무엇인가를 정리하기 시작했다.

야생의 삶은 직선이다. 잔혹하다. 처절하다. 애틋하다. 나는 야생의 삶에서 본능적으로 장사꾼이다. 야생의 삶은 잔혹하고 슬프지만 아름답다. 야성은 사랑으로 문명세계로 길들여지고 순화된다. 사랑은 적자생존과 약육강식의 야성을 지워버리고 인간에 순종하게 한다. 무시무시한 본능은 우리의 정서적 공감을 통해 깊은 울림이 된다. 선택적 사랑도 생명이 존중받을 수도 있을 것이다. 그러나 사랑이란 나와 너의 교집합이 되는 것이다. 사랑은 인간의 최대의 복지다. 사랑은 우리가 함께 지는 짐이다. 당연한 사랑은 우리로부터 빠져나온다. 까칠하게 휜 긴장을 풀어 우리 안에 짐을 나눠 담는다. 사랑은 난 뺄셈을 하고 당신은 덧셈을 해도 우리 서로 수지를 맞출 수 있다는 생명의 힘을 믿는 것이다.

여인은 개와 함께 있을 때 가장 안정적이다. 행복하다. 스트레스로부터 온전하게 자유로울 수 있다. 늑대는 여인에게 혜택을 주었다. 이웃이나 가족이 주는 안정감보다 컸다. 복지는 상대방에게 스트레스를 줄이는 것이다. 여인은 늑대로부터 복지를 자유롭게 누렸다. 여인은 늑대의 흔적을 주변에 남겼다. 여인은 동물을 사랑하며 행복한 길을 걷고 있었다. 여인은 늑대와 특별한 관계로 보였다. 나는 여인에게 스트레스를 주는 거리감이 있는 존재였다. 여인은 야성에 맞서 인간에 거역할지도 모른다. 어쩜 반려자인 늑대를 위해 인간에 대한 교감을 지워버릴지도…. 나는 여인에게 당연한 관계였는지도 모른다.

개의 목줄은 주인이 다잡는다. 이웃은 개의 위협이 아닌 개의 목줄을 다잡지 못하는 거친 인간에게 스트레스를 받았다. 당신의 안식을 위해 특별한 자에게만 베푸는 사랑은 남겨진 이웃에게 무거운 짐을 지운다. 특별한 사랑이 우릴 위협한다. 인간의 존엄이 특별한 식물적 사랑의 명분 아래 외면당해야 하는가? 고분고분한 동물 사랑에 의해 거친 인간의 사랑이 빛을 잃지는 않는가? 당연한 관계의 이웃으로 남아 있어야 하는가? 나는 그녀에게 특별한 관계로 남을 수 있는가?

또 하나의 디지털 애완동물이 등장했다. 바로 백구라는 애완동물 녀석이다. 누리꾼들을 급속도로 점령해 나간다. 이 녀석은 컨텐츠와 클릭을 먹고 자라는 괴물이다. 다마곳치보다 더 집요하고 강력하고 매력적이다. 이전 것은 먹이를 주어야 했다. 디지털 애완동물은 오히려 주인에게 금전수익을 준다. 그러니까 귀엽다. 게임 누리꾼들은 디지털 애완동물 성장에 몰두하게 만든다. 시간 가는 줄 모른다. 다마곳치의 성장, 슬롯머신 이상의 짜릿함과 경쟁 심리까지 요소를 다 갖추었다. 사실 하루라도 만나지 않으면 살맛이 안 난다. 클릭수를 확인하고 수입을 확인한다. 스트레스를 한방에 날려버린다. 이것이 진정한 인간의 복지로 착각하는 것이 아닌가? 생명력을 잃은 가상의 세계에 특별한 사랑을 얻는 것이 아닌가? 고분고분한 디지털 애완동물 사랑에 의해 거친 인간의 사랑이 빛을 잃지는 않는가?

아파트로 동물들이 몰려든다. 특별한 사랑을 나누는 이웃들이 늘어

간다. 반려동물을 사랑하는 이웃들도 늘어간다. 이제 동물등록제가 시행되었다. 나는 등록할 동물이 없다. 동물등록제가 이 아파트를 지킬 수 있을까? 이웃은 동물만큼 고분고분하지 않다. 이웃은 당연한 관계인가? 이웃은 특별한 관계인 동물로부터 소외되지 않았을까? 입주 때 안식이 깃든 포근한 보금자리를 그렸다. 어느새 안식의 기대가 사라졌다. '최대의 복지는 스트레스로부터 온전하게 자유로울 수 있을 때가 아닌가?' '늑대의 복지는 누구를 위한 복지였는가?' 가슴 조여 오는 늑대의 하울링 소리는 들리지 않는다. 오늘 밥 달라고 조르던 다마곳치가 죽었다. 왠지 아이는 슬퍼하지 않고 밥을 주지 못한 자신을 탓하는 듯했다.

오랜 장마 끝에 속옷이 칙칙하다. 노래기의 고약한 냄새는 나지 않았다. 땡볕에 열기가 솟아오른다. 열탕 같은 한여름 열기가 가랑이로 흐른다. 베란다를 타고 넘는 매미 소리가 요란하다. 가슴이 시원해진다. 늑대의 하울링 소리보다 시원하다. 오늘 조간신문에 '댁의 강아지 수술비도 드려요' 보험 상품이 소개되었다.

제3부

수필

산

건강검진 결과표가 배달되었다. '자기관리 필요'라는 의사소견이 눈에 선명했다. 살아온 날을 돌아보았다. 자신만 믿고 세상을 향해 덤비며 욕망을 채우려 생활에 탐닉하기도 했다. 생활이 분주해 살맛도 났다. 그땐 난 산을 먼발치에서 어정거렸으나 삶의 때가 묻어나면서 심신이 흔들리고 내 생활이 지치며 무기력해졌다. 그럴수록 맑은 공기로 심호흡하는 것이 절실했고, 생기를 찾을 수 있는 것이 무엇인가에 골몰했다. 나를 차분하게 열고 넉넉한 맘으로 뒤돌아보니 산의 진정성이 보였다. 비로소 산이 가까워 보였다.

산에서 만나는 이는 젊은이는 드물다. 오히려 넉넉하고 온유한 표정의 중후한 중년들을 만난다. 몇 번의 좌절과 고뇌로 덕을 쌓은 이를 만난다. 인생의 때가 묻어나는 사람도 만난다. 산은 삶을 겸허하게 받아들이는 이를 오라 한다. 오만하지 않으며 욕망과 집착을 버린 이를 부른다. 산은 낯선 사람에게 먼저 인사를 나눌 줄 안다. 나누는 인사는 정겹고 따뜻하다. 건네는 한마디가 진정성이 배어난다. 나는 아이들에게 함께 산에 오르길 권한다. 그러면 "왜 산에 오르느냐?"고 반문한다. 그들은 힘들며, 귀찮고, 성가시다고 한다. 난 혼자 '너희도 산발치에서 어정거리다가 스스로 산을 찾을 날 이 있을 게다.' '산은 자신을 돌아다 볼 줄 알 때 그들을 반긴다.'고 스스로를 일깨웠다. 《논어》의 "仁者樂山(인자요산), 知者樂水(지자요수)"의 가르침이 젊은 날의 삶은 사리에 밝아 물이 흐르듯 막힘이 없으므로 물을 좋아한다고 했을 것이다. 또한 지적 욕구를 충족하기 위하여 돌아다니기를 좋아하며, 그러한 것들을 즐기며 살았을 것이다. 난 삶의 때가 묻어나면서 심신이 흔들렸다. 산이 준 진정성으로 산을 오르고 너그러운 마음을 얻었다. 난 산의 너그러움에 매료된다. 또 고요하며 집착하는 일이 없어 그를 닮고 오래 살고자 산을 오른다.

산은 나와 관계를 주도하는 몇 가지 천품을 갖고 있다.

산은 나와 관계를 맺은 인간이다.

산은 정기가 흐르는 생명력을 품는다. 우리에게 정기를 받아 훌륭한 인재가 되라 한다. 학교마다 교가 가사는 산과 강을 불러낸다. 산과 강을 낀 학교가 정기를 받으라 한다. 훌륭한 인재가 되라 한다. 산은 하늘을 대신하는 몸이 되는 과정이다. 천산에서 백산을 분화하여 태산에서 마을 주위의 동산까지 이른다. 각각의 일월오성은 대상과 서로 기운과 맥이 통한다. 하늘을 품은 산은 기운과 맥이 통해 능동성을 지닌 용이 되어 물을 얻는 과정을 거친다. 용은 신성한 존재로 천변만화하면서 인간에게 길흉을 준다. 산도 사람이라고 여겨 용산이라 부른다. 산룡은 다시 하천으로 혈맥을 삼고 다양한 조화를 지니며 인간에게 다가온다. 그리하여 천지인의 법도에 맞게 인간적 공간을 만들어 인간과 본격적으로 합일되는 것이다. 결국 산은 인간화한다.

산은 우리가 태어난 출생지요, 하늘로 돌아가는 몸으로서 종착지다.

또한 어머니의 배속 같은 안락하고 포근한 생명의 공간이요, 생명이 살아 숨 쉬는 우주이다.

산은 내 마음을 듣고 성의 있게 귀 기울인다.

샛바람으로 만산에 생명을 불어넣어 죽은 자를 살려내어 울긋불긋 화려하게 금수강산으로 태어나 상춘객 마음 흔들어 보고, 녹엽이 머금었다가 토해내는 시원하고 서늘한 바람을, 숨 가쁘게 산을 오르는 자들에게, 불어넣어 생기 있는 휴식을 주고, 설 푸른 신선한 빛이 심신이 병들어 위로받고자 하는 자에게 마음을 읽어 위안을 주며, 된서리 맞아 힘에 부쳐 노랗게 변한 몸과 핏빛으로 멍든 모습으로 살신성인하여 남을 위해 살라 하고, 된바람에 속살 보여 달라 하면 부끄럼 없이 그대로를 보여주어 성의 다하여 귀 기울인다.

산은 나를 정화시킨다.

세속과 등진 고달픈 중생들 찾아드는 산사를 담고 있다. 지치고 번뇌하는 자들을 위무한다. 산은 그들을 진정시켜 조건 없이 모두를 안는다. 하늘과 맞닿아 학과 신선들 불러낸다. 산은 그들의 놀이마당 되어 흰 구름 타고 피리 불며 노닌다. 산은 불순한 마음 품은 자를 내려가라 한다. 세속의 때를 벗기고 탁한 기운을 정화시킨다. 산은 청정한 마음으로 안심하고 숨 쉴 수 있게 한다. 그리하여 산은 나를 불러 올려 세속으로부터 격리시킨다.

산은 내 마음을 거슬리지 않는다.

상대가 누구라도 기분을 거슬리지 않는다. 선량한 자나 악한 자가 찾아와도 거부하지 않는다. 욕심을 담은 자나 욕심을 비운 자 누구에게도 성내거나 노여워하지 않는다. 굶주린 자나 배부른 자라 하더라도 인색하거나 야박하게 굴지 않는다. 오히려 강한 자, 욕심 있는 자, 배부른 자들이 산의 기분을 알지 못하고 함부로 한다 하더라도 산은 상대의 열망을 거스르지 않는다. 상대 모두를 안고 너그럽고 넉넉한 마음으로 함께한다.

산은 인간의 탐욕에 자신을 버리고 헌신할 줄 안다.

아름다운 천연의 얼굴을 긁어 생채기를 내는 자도 원망하지 않는다. 뿌리를 뽑아 자연미의 형상으로 다듬어 자신의 욕망과 경제적 가치를 어림하는 자도 탓하지 않는다. 산은 인간의 탐욕에 자신을 버린다. 통째로 당신들의 삶터를 점령하여 살가죽을 벗겨 쉼터를 지어도, 당신의 몸속에서 금붙이를 캐어내어도, 이웃과 이웃을 이어주려 몸뚱이를 관통하여도, 산은 아파하거나 원망하거나 탓하지 않고 헌신할 줄 안다. 자신을 함부로 던져 구렁지로 쓸어 넣는다 해도 슬퍼하거나 노하지 않는다. 산의 아름다움을 흐뭇한 표정으로 미소 짓는 사람에게도 감사하며 헌신할 줄 안다.

산은 인간의 약점을 건드리지 않는다.

사람은 살아서나 죽어서나 머무를 곳이 필요하다. 죽어서나 살아서도 약점 없는 삶터를 찾는다. 산은 기본적으로 지기로서 이루어져 살아 있다. 인간이 산과의 조화를 거역하는 데서 인간은 약점을 드러냈다. 산은 아름답고 추한 것이 없이 스스로 생긴 대로 남아 있다. 여기에 인간이 조화해서 거처를 정하고 살아야 한다. 단지 인간의 눈에는 조화하기 어려운 산이 추해 보일 뿐이다. 산과 조화할 수 있는 기반은 인간이 산의 기를 느껴서 자신과 조화로운 자리를 선택하는 것이다. 그런데도 인간은 이기적 문명을 만듦으로써 점차 자연과 멀어졌다. 결국 인간의 본능적인 기감(氣感) 능력은 상실되고 약점을 보였다. 인간은 죽거나 살거나 산세 좋은 명당에 집을 차지하려 한다. 인간은 이기적 문명을 만들려는 약점을 보인다. 그렇더라도 산은 약점을 들추지 않고 제자리를 지킨다.

산은 인간의 행복한 생활과 깊은 관계가 있다.

명당을 이루는 중요한 요소로서 물길을 보는 것이다. 자연에 직선의 날카로움이 드물듯이 인간의 길흉화복으로 본 산의 자연현상에서도 조화와 부드러움을 좋아한다. 산의 흐름도 부드러우면서 힘 있는 모습으로 꿈틀꿈틀 흘러야 하지만 물도 마찬가지로 직선으로 빠르게 흘러서는 안 되며 뱀이 기어가는 모습처럼 구불구불 유장하게 흘러야 한다. 그리고 그 흐름은 산의 흐름과 조화되어야 한다. 자연의 운행은 일정한 방향성을 지닌다. 봄·여름·가을·겨울의 변화가 그러하고, 해가 동쪽에서 떠서 서쪽으로 지는 방향성도 그러하다. 산의 자연현상은 인간이 오랜 시간 동안 자연에 대한 길흉화복을 점쳐 얻은 지혜의 축적으로 형성된 것이다. 자연의 길흉화복을 인간이 점쳐 본 산은 병들고 있다. 부드러움과 조화를 잃어 인간의 행복마저도 빼앗겼다. 우리가 분별력을 잃고 스스로 자연을 홀대함으로써 내 설 자릴 염려하고 있다. 우리는 안락함과 편리함을 얻기 위해 무분별한 지식을 응용하는 데 더욱 열중했다. 때문에 과학이 미처 포착하지 못한 문제가 급격히 커졌다. 결국 우리의 삶터마저 위협받게 되었다. 살아 있는 것은 그 특징을 알아서 적절히 대할 때만 생명을 유지할 수 있다. 반면에, 그 생명의 존엄을 경시하고 개성을 무시한다면 소멸될 수밖에 없다. 내가 오르는 산이 살아야 우리도 살 수 있다. 산은 부드러움과 조화를 알라 한다. 그럴 때 우리는 행복한 인간생활을 할 수 있지 않은가?

산은 내 삶을 성찰한다.

산이 있어 힘든 상황을 참고 견디며 오르라 한다. 인간의 삶도 도전하듯 정점을 향해 오르라 한다. 저쪽에 있는 꿈을 만나러, 때론 함정과 험궂은 길도, 예측 못 한 좌절도 부딪치라 한다. 산은 우리에게 정면으로 맞서 한 걸음씩 발을 옮겨놓으라 한다.

산은 나와 관계를 주도하는 인간이라는 천품을 갖고 있음을 알라 한다.

皆骨山 探勝記(계골산 탐승기)

전날 내린 눈과 일기예보 소식에 마음이 무거웠다. 여행자의 마음은 자유롭고, 분방하며, 가벼운 마음으로 상상의 날개를 펴고, 일탈되어, 넉넉한 가슴을 안고, 기대감을 갖고 떠나기에 감성적이기 쉽다. 연수자로서의 속내는 오히려 냉철한 머리가 요구되고, 책무를 느끼고 목적성 속에 움직인다 생각하니, 설레고 분방하던 마음은 무거우면서도 차분해지며 이성적이 된다. 2박 3일의 일정은 여행인지 체험연수인지 분간되지 않은 상태에서 길을 나섰다. 내 의지에 의해 쉽게 접하기에 어려웠던 북측 지역, 그것도 개골산(皆骨山)으로 가는 잰걸음은 호기심과 기대감으로 길을 재촉했다. 집을 나섰으나 어둠에 가려 흐리멍덩하던 도시는 차가운 아침기운에 생동하듯 깨어났다.

금강산콘도에 도착한 단체 일행은 차량별로 수속 절차를 밟았다. 수속을 밟는 중 사진에 문제가 있어 수속이 늦어지는 사람이 있는가 하면, 기록 사항 오류로 문제가 야기되어 수속에 어려움을 겪는 이도 있었다. 수월하리라는 예상은 어김없이 빗나갔다. 휴대폰 통화가 가능한 지역은 우리 땅이라는 어느 누군가의 말이 설득력이 있다면 北側 지역도 통화가 가능해야 하지 않는가? 그곳은 소지도 불가능하고 통화도 불가능하니 맡기라는 안내가 있었다. 독도는 휴대폰 통화가 가능하여 일본 땅이 아닌 분명 우리 땅이라는 숙맥 같은 생각을 했다.

통일전망대에 도착하여 출입국 사무소로 향하였다. 눈에 띄는 것은 건물 입구에 붙은 현판 글씨였다. 입국이라는 절차가 실질적으로 이루어지면서도 '출입국사무소(出入國事務所)'가 아닌 '출입사무소(出入事務所)'라는 명칭이 붙은 현판 글씨는 – 아마 '나라와 나라를 드나드는 것이 아닌, 그런 사실을 인정하고 쉽지 않은, 자유롭게 왕래하지 못하는 北側 地域을 잠시 다녀온다는 의지의 표현'– 우리의 현실을 반영한 현판이었는가? 수속을 기다리는 일행들의 일부는 다소 긴장된 듯한 표정으로 낯선 이웃임에도 이방인을 만나는 어색함도 엿보였다. 이것이 내가 체험한 현실이었다.

군사분계선을 넘어 북측 지역의 풍경은 남쪽의 어느 지역 자연과도 크게 다르지 않았다. 헌데 안내자의 소개로 바라본 풍경은 분명 달랐다. 동일한 전신주의 모습에서도 일견해서는 차이점이 드러나지 않았으나, 주의 깊게 살펴보면 남측의 등은 둘이었으며 북측의 등은 하나였다. 단순한 짝, 홀수의 차이던가? 전력 사정에 대한 반영이란 말인가? 군인들의 복장과 걸음걸이는 익숙하지 못해 부자연스러웠다. 학교, 우체국의 모습은 현재 내가 살고 있는 곳의 지난날의 풍경인 것 같기도 하여 어린 시절의 추억을 반추해 내고 있었다.

오랜 시간 동안 차량 이동을 한 탓일까? 전날 잠을 설친 탓일까? 다소 긴장한 탓일까? 피로가 엄습해 오던 차에 온천욕의 기회가 있다는 말에 긴장이 풀어지고 피로감이 물밀듯이 밀려 왔다. 노독도 풀 겸 온천장으로 향했다. 이 온천은 50도 정도의 천연 온천수를 사용하는 세계 최고 수준이라 한다. 물은 신선하고 부드러웠고, 피로를 풀어 줄 만큼 따뜻하고 아늑하여 어머니의 품속 같은 온천수에 흠뻑 취했다.

숙소에 도착하여 여장을 풀고 만찬 후에 자유시간이 주어졌으나 딱히 시간 보낼 거리가 마땅하지 않았다. 안내자의 말에 의하면 군사 지역이기도 하지만 일전에 발생한 사고로 문제 해결이 성사되지 못해 저녁 시간에는 통행이 자유롭지 못하다는 귀띔이었다. 이런 이유가 아니더라도 숙소 밖에서 시간을 보낼 만한 시설도 없었다. 산책 후 찾은 곳은 횟집이었다. 선홍색 유니폼을 차려입은 아가씨들의 얼굴 모습은 그 기운을 등이 머금었다가 서서히 볼을 타고 흐르는 걸까? 정말로 서러울 정도로 고왔다. 표정에서 우러나오는 은은한 미소와 인정스러운 환대에 친근함을 느꼈다. 연하여 북측 사람과 처음 건네는 대화였다.

"아가씨, 화장실이 어딨어요?"

무뚝뚝한 물음에 독특한 억양으로 "위생실 찾으십니까?"라는 북측 아가씨의 말이 낯설었다. 아뿔사! '이곳이 북쪽 지역이구나!' 새삼 놀랐다. 이 말은 생소한 단어는 아니었지만 자연스럽고 익숙한 어휘는 아니었다. '아가씨'라는 용어가 불현듯 어색한 느낌이 들어 아가씨라고 불러도 괜찮으냐고 물었다. 편한 대로 부르라고 일러줬다. 그러나 적합한 용어가 아닌 듯싶어 "무어라고 불러야 실례가 되지 않느냐?"고 하니까 "접대원 동무"라고 불러 주면 좋다고 일러줬다. 더욱더 멀고 동떨어진 말이었다. 간간히 접대하면서 주고받는 말에 남측의 실상과 북측의 실상을, 남쪽의 일상과 북쪽의 일상 이야기로 옮겨가고 있었다. 주문한 북한 자연산 광어 맛과 처음 먹어 보는 북한산 술에 취해 시간 가는 줄 모르고 장전항의 밤은 깊어갔다.

이튿날 조반 후 오전 일정으로 구룡연을 다녀오기로 했다. 금강산 여정은 온정각을 중심축으로 하여 시작되고 마무리되었다. 주변 시설에는 온천장, 교예 공연장으로 사용되는 금강산문화회관, 북측에서 운영하는 옥류관, 금강산호텔, 목란관 등이 있고, 남측에서 운영하는 온정각식당, 동관, 서관 등이 있고, 김정숙 기념관을 비롯한 시설들이 한창 개보수 중이었다. 겨울 산을 '皆骨山'이라 하였던가? 전날 내린 눈이 채 녹지 않아 皆骨山은 온통 흰빛이었다.

구룡폭포코스는 외금강을 대표하는 지역으로 온정리, 목란관, 앙지대, 삼록수, 금강문, 옥류동, 연주담, 상팔담을 포함해 비룡폭포를 볼 수 있다고 한다. 겨울 산 산행에 필수품인 아이젠을 챙겨 목란관 앞에서부터 산행이 시작되었다. 말로만 듣고 매체로만 보았던 금강산의 참 모습을 이제야 접할 수 있다는 기대감에 앞사람의 발뒤꿈치를 좇아 올랐다. 처음 오른 산의 모습은 남쪽의 여느 산과 차이를 느끼지 못했다. 산을 오르는 중에 간간이 주변 산을 둘러보는 여유도 갖게 되었다. 목란관을 벗어나면 본격적인 금강산 관광 길이 시작된다. 앙지교(仰止橋)라고 불리는 다리에서 200미터 정도 오르면 주위의 아름다운 경치를 감상하기 좋은 평평한 바위가 나타나는데 이를 '앙지대(仰止臺)'라고 부른다. 여기에 이르면 반드시 걸음을 멈추고 위를 올려다보게 된다고 해서 붙여진 이름이다. 이곳에서 바라보고, 오르면서 느낀 산의 인상은 놀랍게도 아름다운 산에 인위적으로 정치성 구호나 이름들이 바위에 암각되어 있었다. 오래되지 않은 때 암각된 것들이었다. 우리는 '자연은 사람 보호, 사람은 자연 보호'라는 표어에 익숙해 있어, 이런 자연을 바라보는 나에게는 씁쓸한 마음을 지울 수 없었다. 연수 시 유의사항으로 자연을 훼손하거나 자연물 채취 금지, 각종 쓰레기나 담배꽁초 투기 금지 교육을 받아 상식으로 여겼지만, 정치와 체제이념은 자연을 도구로 훼손을 할 수 있단 말인가?

　많이 흔들거리는 구름다리를 건너 앞선 이의 발길을 따라 오르니 갈림길이 나타났다. 이곳을 지나 직진하여 이삼백 미터 올라가면 구룡폭포이고, 오른쪽으로 오르면 상팔담 구룡대라는 봉우리다. 이곳은 '선녀와 나무꾼'의 전설이 있어 가보고 싶은 곳이나 시간 제약과 통제로 말미암아 아쉬운 발길을 돌려 구룡폭포로 향했다. 관폭정 난간에 기대어 구룡폭포를 바라보며 안내원의 설명을 들었다.

　"구룡폭포는 중향(衆香) 폭포라고도 한다. 금강산 4대 명폭의 하나인데 웅대하고 경치가 뛰어나 가장 으뜸으로 꼽힌다. 폭포 길이 50m. 온정리(溫井里) 서쪽 8km 지점, 옥류계(玉流溪)의 최상류에 걸려 있으며, 개골산에 있는 폭포 가운데 가장 크다고 한다. 폭포 밑은 1장의 반석(盤石)으로 되어 있는데, 이곳에는 폭포에 의하여 뚫린 대소 9개의 폭호(瀑壺)가 마치 용이 빠져나간 듯한 모양을 이루고 있어 구룡연이라는 이름이 생겼다. 이 폭호의 깊이는 10m에 이른다. 폭포의 상류에 있는 8담(潭)도 골짜기를 흘러내리는 물에 의하여 연주(連珠)처럼 서로 이어져 있다."고 하나 거대한 빙벽의 모습은 여느 철의 형상과 구별되는, 신비스러운 은빛을 띠고 있다. 53불(佛)에 쫓긴 9룡이 이 8담과 구룡폭포 밑에 숨었다는 전설이 있다. 부근은 화강암의 절리(節理)가 투명한 수정 조각과 선녀들이 걸쳤음 직한 순백의 눈 사이로 빽빽한 암추(岩錐)와 굽이굽이 돌아내리는 계곡 등이 함께 어울려 사계절의 하나인 개골산의 여러 승경(勝景)이 수정을 묶어 녹여 놓은 거울 같았다.

　하절기에 흐르는 물은 비단 필을 편 듯도 하고, 수정을 녹여서 쏟아부은 듯 맑고 쪽빛을 띠어 푸르다 하나, 겨울의 모습은 옥구슬을 찬바람으로 엮어 걸어 놓은 거대한 주렴을 걸어놓은 듯도 하고, 수정이 찬 기운에 얼어붙어 폭포 전체가 투명한 요철(凹凸)이 있는 거울이 되어 나의 구석구석의 모습을 담아내는 듯 했다. 떳떳할 수 없는 나의 죄상을 찾아내어 비추니 거대한 거울의 위압감에 압도되어, 어찌 두려움에 주눅 들지 않겠는가?

사람들은 오래전부터 이 폭포를 두고 떨어지면 폭포요, 누워 흐르면 비단필이요, 부서져 흐르면 구슬이요, 고이면 담소(潭沼)요, 마시면 약수(藥水)라고 찬사를 아끼지 않았다고 폭포 앞 안내원의 설명이다. 지금은 얼어붙어서 폭포다운 면모는 찾아 볼 수가 없다. 층암절벽을 타고 흐르는 물이 마치 구룡이 53불(佛)에 쫓긴 9룡이 구룡폭포 밑에 숨었다고 하나 내가 보기에는 이 즈음에는 추위 몸을 웅크리고 얼음장 밑 구룡연으로 모습을 숨겨 폭포다운 면모는 사라지고 또 다른 형상을 했으리라….

개골산 구룡폭포의 아름다움에 흠뻑 취해 이곳에서 한상억 작시에 최영섭 작곡 "그리운 금강산" 노래가 절로 나온다.

누구의 주제런가 맑고 고운 산 / 그리운 만이천봉 말은 없어도 / 이제야 자유만민 옷깃 여미며 / 그 이름 다시 부를 우리 금강산 / 수수만년 아름다운 산 못 가 본 지 그 몇 해 / 오늘에야 찾을 날 왔나 금강산은 부른다. / 비로봉 그 봉우리 짓밟힌 자리 / 흰 구름 솔바람도 무심히 가나 / 발 아래 산해만리 보이지 마라. / 우리 다 맺힌 원한 풀릴 때까지 / 수수만년 아름다운 산 못 가 본 지 그 몇 해 / 오늘에야 찾을 날 왔나 금강산은 부른다.

웅대하고 장쾌한 산의 면모를 살피며 잠시 관폭정에 머물러 아름다움에 취해 있을 여유도 없이 잠시 후에 흥겨운 마음으로 하산했다. 내려오는 중에 갈림길에서 왼쪽으로 상팔담으로 가는 안내표지를 뒤로하고 '나무꾼과 선녀'의 이야기를 기억해 보았다. 옛날에 금강산 팔선녀의 목욕터였다는 설화가 전해오는 이 상팔담은 나무꾼과 선녀의 전설이 있는 곳으로 구슬처럼 아름다운 8개의 담소가 구룡연 위에 있다고 하여 붙여진 이름이다. 제일 아래인 여덟 번째 담소에서 떨어지는 물이 구룡폭포를 이룬다 하니 물길을 따라, 전설을 따라 찾아보고 싶은 유혹을 뒤로 하고 안타까운 마음으로 길을 내려왔다. 이곳까지 오르는데 80~90도 각도의 가파른 철계단을 여러 개 통과해야 하기 때문에 노약자나 고소공포증이 있는 사람은 피해야 한다기에 핑계로 아쉬운 마음을 달랬다. 상팔담에서부터 시작하여 구룡연으로 흘러내리는 물은 금강산의 4대 절경의 하나로 불리는 옥류동에 이르며, 다시 실개천과 합류하여 동해로 흘러든다. 주위의 팔담과 구룡연이 어울려 경치가 아름다우며 금강산의 여러 경승(景勝) 중에서도 가장 으뜸이며, 북한의 천연기념물로 지정되어 있다고 한다.

내려오는 마지막 길에 신계사(神溪寺)를 들렀다.

신라 법흥왕 6년(519년) 때 창건된 이 절은 외금강 구룡연 계곡 들머리에 자리 잡은, 탁 트인 정면 경관과 왼쪽으로 문필봉이, 오른쪽으로 집선·채하·세존봉이 병풍처럼 에워싸여 있는 명당자리인 까닭에 비스듬히 해가 떠서 기우는 겨울이 오히려 여름보다 더 낮이 길다고 한다. 이렇게 풍수지리설에 의해 자리 잡은 절묘한 지세(地勢)는 범상하지 않아 보였다. 옛사람들은 천 년 고찰(神溪寺)의 절 영역을 일컬어 '세존 원내'라고도 일컬었다. 옛적이나 지금이나 외금강을 탐승(探勝)하는 이들이라면 꼭 거쳐 가는 길목이라 하나 이제는 거의 흔적만 남아 새로 복원 단장을 꿈꾸는 절터였다. 이 절은 천년의 세월 속에 세속세계 사람들의 부침(浮沈)의 역사를 간직한 채 현재에 이르고 있다고 한다. 소실과 복원의 내력이 되풀이되면서 남겨진 인간 욕망의 역사를 숨기고 있는 큰 도량(道場)이었음을 짐작케 한다. 지금은 소실로 흔적이 사라지고 오래된 석탑만 오직 옛 뜻을 변치 않고 서 있을 뿐이었다. 다행히 지난해부터 본격화한 남북 합동발굴에 따라 올해 만세루와 요사채의 제 위치를 찾아 원상 복원하는 계획이 추진되고 있다고 한다. 복원사업은 과거의 상처를 치유하고 민족화합과 통일의 초석을 놓는다는 의미로 남측의 지원과 도움으로 공사가 진행 중이다. 이 사업의 성과가 갈등과 대결은 가슴으로 풀고 민족의 단결로 바꾸며 분단과 단절은 교류와 소통으로 변화시키며 번뇌와 차별은 보리와 평등으로 승화시킬 수 있는 계기가 될 것을 믿는다.

개골산(皆骨山)이 선경(仙境)이었다면 이곳은 세속적 욕망과 번뇌를 씻고 선경의 세계로 들어가는 길목의 도량이었으리라. 인간 욕망의 역사를 통하여 제행무상(諸行無常)의 진리를 깨달았으리라. 절을 나서며 뒤쪽에 돌아보며 붓끝을 닮았다는 문필봉을 바라보면서 붓을 가까이 하는 이로서 문운(文運)을 빌어보았다.

하산 후 온정리에서 도보로 3분 거리에 위치한 평양 옥류관의 금강산 분점에서는 메밀로 만든 정통 평양냉면을 맛볼 수 있었다. 이어서 오후 일정인 문화회관에서 통일 워크숍과 교예 관람이 이어졌다.

워크숍에서는 남북관계 현황과 평화번영정책에 대한 논의가 있었다. 요지는 평화번영 정책은 역대 정부의 통일 정책을 계승, 발전시킨 것으로 한반도의 평화와 남북한 공동번영을 추구함으로써 평화통일의 기반을 구축하고 동북아 경제중심을 이루려는 장기적인 국가발전 구상이라는 것이었다. 교육인적자원부와 통일부의 주관 아래 실시된 체험연수는 짧은 시간과 한정된 지역적 상황 속에서 보고, 듣고, 느낀 단편적 체험이었다. 이번 여정은 충분히 실상과 현실을 이해하고 느끼기엔 부족함이 없지 않았다. 하지만 이 프로그램이 가지는 의의는 자못 크다고 생각했다. 대한민국 국민의 한 사람으로서, 또한 학생을 지도하는 교사로서 우리가 처한 분단의 현실을 몸으로 느끼고 북한의 실상을 있는 그대로 이해하고 한반도 평화체제 구축방안에 생각해 보게 하는 의미 있는 시간이었다. 왕래가 자유롭지 못한 지역을 방문해 현장을 보고 그들과 단편적인 대화를 하면서 통일에 대한 관심을 갖게 되고, 학생을 지도하고 교육하는 입장에서 통일교육의 중요성과 교육방향을 새롭게 인식하는 계기가 되는 소중한 체험이었고 할까?

이런 연수가 제한된 인원이 참여하는 행사가 아니라 보다 많은 사람이 그곳을 접하고 좀 더 넓은 지역을 살펴보고 그들의 실상을 접하고 올바른 현실 인식이 되어 진정한 이해의 바탕 아래 현실극복방안이 논의되었으면 한다는 생각을 잠깐 정리해 보았다.

연수에 연이어 금강산문화회관에서 펼쳐지는 평양모란봉교예단의 공중서커스 등은 시종일관 손에 땀을 쥐게 하는 수준 높은 묘기로 금강산 관광의 또 다른 재미를 선사했다. 앞서 배운 '반갑습니다' 노래의 배경음악으로부터 공연은 시작됐다. "문화회관에서 교예단 공연을 하는 것은 남쪽 인민에 대한 배려. 그래서 평양에서 하는 공연보다 훨씬 더 성의를 다한다."는 말로 남녁 동포들에 대한 깊은 애정을 표시했다. 미리 공연을 감상한 이들의 입과 입을 통하여 어느 정도 홍보가 되어 있는 마당에, 또한 "세계대회에서 여러 번 수상한 명실공히 세계 최고 수준의 교예단으로 대단하다."란 평가 때문에 묘한 기대감으로 무대를 주시하였다. 인사치례에서부터 묘기가 고난도로 옮겨져 가기까지, 꼭 짜여진 구성과 긴장감을 더해가는 새로운 묘기까지, 마음에서 우러나오는 박수까지, 공연의 마무리까지, 수고했다는 박수 소리까지, 박수 소리는 쉴 새가 없었고, 시선도 뗄 수가 없었다. 손을 놓을 수 없이 이어진 한 시간 반 동안의 공연은 그야말로 '예술'이었다. 뛰어난 기예는 관객들의 탄성을 거푸 쏟아 놓게 만들었고, 공연 하나하나가 끝날 때마다 우리는 박수치기에 바빴다. 북한의 젊은이들이 여유와 자신감으로 만들어 내는 아름다운 기예들은 정말 빈틈없는 준비와 오랜 시간 동안 반복훈련으로 다져진 기능이 예술로 승화한 것으로 잘한다는 말이 실감 나게 했다. 공연과 더불어 스피커 음을 빌리지 않고 객석 2층 오른편에서 연주음을 공연에 맞추어 지속적으로 보내온 연주단의 솜씨도 보통이 아니었다. 어쩌면 그렇게 호흡이 잘 맞는지 그냥 놀라고 경탄할 뿐이었다. 종합예술로서 교예단 공연이 나에게 준 최고의 선물은 아름다운 조형미였다. 공연이 끝나고 교예단과 관객이 함께 어우러져 "다시 만나요"를 합창할 땐 정말 감동으로 눈시울을 촉촉해지면서 숙연해지기까지 하였다. "잘 가세요 다시 만나요." 노래로 마무리하고 나오는데, 그 감동의 여운이 유쾌하지만은 않았다. '공연을 위해 얼마나 많은 피와 땀이 요구됐을까?' '노력한 성과가 너무 감동적이어서 위로와 격려를 보내주려는 마음이었을까?' 이런 생각을 하면서 무대를 뒤로하며 나왔다. "너무 박수를 많이 쳐 손바닥이 부어올랐어."라고 너스레를 떨었다. 정말 '교예는 단순한 서커스와는 차원이 다르며 미술, 음악, 연극, 체조 등이 어우러진 종합예술'이라고 할 수 있고, 예술로서 인간에게 기쁨과 즐거움을 줄 수 있어야 진정한 예술이라고 믿는다.

마지막 날 행장을 정리한 후 오전 9시쯤 만물상(萬物相)으로 출발. 25 인승 미니버스를 타고 온정각 휴게소를 떠나 김정숙 휴양소를 좌측으로 끼고 돌아 북한 초소를 통과했다. 재능 있는 기사에 몸을 맡긴 채 미니버스가 요리조리 굽이굽이 산길을 달렸다. 산길을 달리는 중에 시선에 들어오는 것은 울창한 나무들이었다. 모두 밋밋하고 키가 훤칠한 수목들이었다. 이름하여 금강송(金剛松)들이었다. 일명 적송(赤松)이라고도 한다. 이곳에 군락을 이루어 자생하는 나무였다.

줄기는 곧게 자라고 옹이가 없으며, 줄기 밑 부분의 나무껍질은 회흑색으로 깊게 갈라져 떨어지는 것은 곰솔과 같고 윗부분의 나무껍질은 붉은색으로 얇은 조각이 되어 떨어짐은 일반 소나무와 같다. 잎의 겉모양은 곰솔과 비슷하나 짙은 녹색이며 연하고 길이 10~15cm이다. 잎 횡단면의 해부학적 구조는 소나무와 곰솔의 중간형이다. 솔방울은 곰솔과 같으나 종자는 소나무보다 약간 둥글고 색이 같은 점 등으로 보아두 종 사이의 자연 잡종으로 여겨진다. 목재의 질이 우수해서 한옥 건축재 및 문 짜는 데 쓰인다. 경상북도 청송과 봉화춘양 지방 등 일부 지역에 많이 군락을 이루어 자생한다고 한다.

이 나무를 보노라니 이 육사의 '교목(喬木)'이라는 시가 떠오른다.

　　　푸른 하늘에 닿을 듯이 / 체월에 불타고 우뚝 남아 서서 / 차라
　　리 봄도 꽃피진 말아라. -하략-

'교목(喬木)'이라는 자연물을 통해 극한 상황 속에도 절망할 수 없는 의지의 단호함을 보여주는 나무들이었다. 나무가 준 가르침은 교사로

서의 현실적 삶의 태도를 되돌아보게 한다.

잠시 깊은 생각에 빠졌다가 창밖을 보니 버스는 여전히 돌고 돌아 숨 가쁘게 오르고 있었다. 산길은 회전 반경이 크지 않아 버스가 정신없이 돌고 또 돈다. 버스는 몇 굽이를 돌았는지 20여분 만에 등산의 출발 지점인 육화암 주차장에 멈췄다. 미끄러운 눈길을 굽이 돌아 무사히 도착했다는 안도감을 느낄 겨를도 없이 매스꺼움을 느꼈다.

눈이 내렸으나 날씨는 쾌청하고 바람은 없는 편이었으며 산 아래보다는 다소 추웠다. 만상정(萬象亭)을 지나 거친 숨을 몰아쉬며 산길을 오르다 3명의 신선이 돌로 굳어졌다는 삼선암(三仙岩)에서 잠시 발길을 멈췄다. 그곳을 뒤로 하고 철교를 건너면서 "頂上까지 얼마나 가야 하나요?"라고 북한 지도원에게 물으니 철계단에 서서 대답한다.

"귀면암(鬼面岩)을 지나 하늘문을 통과하여 천선대에 오르면 만물상의 참모습을 볼 수 있을 것이라요."

가파른 계단을 오르니 귀면암이 정면에 보이고 잠깐 고개를 들어 쳐다보니 등산객들이 자연스레 한 줄로 계곡을 오르는 모습이 보인다. 철사다리를 연달아 오르다 아래를 바라보니 오금이 저려 와 발이 떨어지지 않았다. 일행들도 전혀 움직이지 않았다. 철삭(鐵索)에 온 힘을 의지하여 가슴 조려 오른 것은 정상이었다. 정상 바위에 길을 비켜 서 있는 북한 지도원을 바라보며 말을 건넸다. "고생 많습니다." 하니, "조심 하시라요."라는 응답에 고마움이 전해졌다.

바위에 잠시 의지하여 산을 굽어보니 '만물상(萬物相)' 글자 그대로였다. 변화무쌍한 만물의 형상을 갖고 다가오는 듯하였다. 만물상은 설화. 동화. 전설이 풍부한 곳이요, 변화무쌍한 유형, 무형의 형상을 바라다볼 수 있는 다기다양(多岐多樣)한 곳이다. 기암괴석은 '나무꾼과 선녀',

'토끼와 거북의 경주'의 이야기처럼, 신선, 용, 봉황, 동물 등 다양한 이야기를 담고 있다. 보는 사람의 형상화에 따라 산짐승의 이름을, 사물들의 이름을 붙이기도 한다. 같은 바위를 보더라도 부처님을 마음속에 담고 있으면 부처상으로, 돼지를 생각하면 돼지로 보이나니… 나뭇가지 사이로 보이는 산의 용모는 여인이 걸친 순백의 저고리 위로 속살을 비집고 솟은 듯, 병풍처럼 펼쳐진 산을 따라 흐르는 향기는 현묘한 도의 문을 열게 하는 듯, 숱한 세월 속에 모진 바람과 눈보라를 이겨낸 여인의 인고의 미덕을 담은 흔적이었으리라.

18C 겸재 정선은 새해를 앞두고 〈금강전도〉를 완성하였다. 그리고 대작에 걸맞은 제시(題詩)를 썼다.

만 이천 봉 겨울 금강산의 드러난 뼈를
뉘라서 뜻을 써서 그 참모습 그려 버리
뭇 향기는 동해 끝의 해 솟는 나무까지 떠 날리고
쌓인 기운 웅혼하게 온 누리에 서렸구나.
암봉은 몇 송이 연꽃인 양 흰빛을 드날리고
반쪽 숲엔 소나무 잣나무가 현묘(玄妙)한 도(道)의 문(門)을 가렸어라.
설령 내 발로 밟아보자 한들 이제 다시 두루 걸어야 할 터
그 어찌 베갯맡에 기대어 실컷 봄만 같으리요?

제시(題詩)를 생각하니 산 위쪽 등성이를 타고 흐르는 푸르스름한 바람은 하늘빛이 아니라 名山이 뿜어내는 여인의 향기였으리라. 무슨 속 깊은 '뜻을 담아서' 작품을 그렸다는 것인가? 그렇다! 과연 겨울 산이

품은 큰 뜻이 숨어 있으리라.

　떠밀리다시피 정상을 돌아 내려오는 길목에 망양정으로 가는 안내 표지판이 있었다. 수백 년 전부터 지금에 이르는 동안 이 통로를 드나들었을 송강 정철, 겸제 정선, 육당 최남선, 춘원 이광수, 정비석 등 수많은 대문필가와 예 선인들이 지나간 길목이었으리라. 금강산을 유람한 자가 하나같이 금강산의 비경을 예찬하지 않은 이가 있었던가? 이전에는 이곳은 누구나 자유롭게 찾을 수 있는 길이었으리라. '지난날 이런 비경을 누구나 누릴 수 있는 자유로운 공간이 아니었던가?' '지금은 어떠한가?' 제한적으로 누릴 수 있는 오늘의 현실에 가슴이 아려 왔다. '언제쯤이어야 하나?', '어떻게 이룰 수가 있느냐?'라는 숙제를 남긴 채 "잘 가세요. 다시 만나요…." 노래 가락의 음(音) 률(律)에 맞춰 나직이 읊조리며 길을 재촉했다.

– 교육인적자원부와 통일부 주관 금강산 체험연수를 다녀와서

제4부

논고

구운몽(九雲夢)의 원형적(原型的) 시고(試考)

I. 서설

구운몽에 대한 연구는 주석학적, 사상적, 심리학적, 비교문학적, 근원설화, 이본 등의 다방면으로 연구되었다. 이런 연구방법 이외에 시간과 공간의 차이, 지리적 조건의 차이, 인종의 차이를 넘어선 보편적인 인간성의 조건이라는 개념 하에 보편타당한 원리를 적용한다면 구운몽의 본질은 다른 형상으로 나타날 수 있다.

고대인만이 아닌 현대인의 의식 밑바닥에까지 뿌리박고 있는 심상을 원형적 사고를 통하여 단순한 자의식적 현상 이상의 의미와 가치로 원시신앙으로서 영의 관념을 살펴보고, 한편 일상적 시야 밖에 있는 지향성의 문제와 작품 내면의 갈등과 대립이 어떻게 조정되고 있는지를 본고를 통하여 살펴보고자 한다.

II. 원시신앙으로서의 영(靈)의 관념

구운몽에 나타난 내면적 구조는 현실세계와 꿈, 꿈과 현실세계를 넘나드는 '원시신앙으로서 복귀관념'과 현실 투사의 '영(靈)의 肉體脫離(육체탈이) 관념(觀念)'이 내재해 있는 것으로 간주된다.

문학작품에서 육체실현 영혼은 흔히 상징을 빌어서 형상화하였다. 영이 육체를 실현한다는 관념은 '정령적인 힘'에 의하여 영계(靈界)로부터 현세로 복귀하는 이른바 육체재현의 영혼을 말했던 것이다.

원시신앙으로서 복귀관념인 정령잉태관으로 살펴보면 주인공 성진이 양소유로의 출생은 정령적인 힘에 의하여 태어난 것으로 이해된다.

> 냇가에 임하여 옷을 벗어 정한 모래 위에 놓고 두 손으로 물을 움켜 취한 낯을 씻더니 문득 신기한 향내가 바람결에 코를 찌르는데 정신이 자연 진탕하여 가히 형언치 못할러라. 성진이 생각하되 이 시내 상류에 무슨 신기한 꽃이 있기에 향기가 물을 좇아 오느뇨? 내 마땅히 나아가 찾으리라. 〈전규태(全圭泰) 譯註. 九雲夢. 瑞文文庫〉

꽃은 여성을 은유하며 향내는 암내를 은유한다. 이는 '정령적인 힘'의 안내로 물줄기를 따라 팔선녀의 암내가 성진에 인도된다. 또한 다음과 같이 이어진다.

> 도화 한 가지를 꺾어 앞에 던지니 그 꽃이 화하여 여덟 개의 명주가 되어서 서기 영롱하여 향내 진동하는지라. 팔선녀 각기 한 개씩 받아 가지고서 성진을 바라보며 찬연히 웃고 즉시 몸을 솟아 구

름을 타고 공중을 향하여 날아가는지라. 성진이 석교 위에 나아가

사방을 둘러보나 팔선녀는 간 곳이 없고 이윽고 채운이 흩어지며

향내 사라지더라. 〈전규태(全圭泰) 譯註. 九雲夢. 瑞文文庫〉

　이는 도화 한 가지가 육체 이전의 '정령적 힘'에 의하여 불교론적 환
생업보 신앙으로 육체를 실현(출생)하여 양소유와 여덟 부인으로 환생
하는 것이다. 고대인이 갖고 있는 수태와 임신을 단순한 생리적 원인 이
상의 영적인 원인에서 해석하였음을 알 수 있다. 이 작품의 복귀관념의
문학적 형상은 원시적 직접투사로 또는 종교적 관념을 빌어서 형상화
되었다. 한편 불교적 윤회에 의한 출생의식도 일반적으로 정령잉태의
한 의식 형태로 전이된 것으로 간주할 수 있다. 이러한 동일성 회복의
원형적 의식세계는 서포의 심리심층에 잠재해 있는 것이다. 꿈은 작가
에 있어서 단순한 자의식 현상 이상의 객관적 의미와 가치를 가지는 것
으로 인식된다.

　영웅 성진과 환경, 자아와 타아, 자아와 객체, 자아와 자연과의 사이
엔 화해가 성립되고 있다. 성진과 여덟 선녀는 각각 양소유와 정경패,
이소화, 진채봉, 가춘운, 계섬월, 적경홍, 심효연, 백릉파와 함께 세속
적 욕망을 추구하고 본능적 충동에 따라 움직이는 현실 인간들이었다.
따라서 꿈은 현실세계 내지 현실세계의 은유적 표상이다. 꿈의 현실 실
현은 원시인의 의식 근원에 나타나는 육체현세실현관념이고, 영웅 성
진과 여덟 선녀의 동일화를 의미하는 화해는 양소유와 여덟 부인의 현
실 실현으로 이루어지는 것이다.

　종교적 환생업보관념(윤회사상)의 형상은 영웅적 꿈의 인간이 본능적
세속적 현실인간으로 태어나는 원시신앙으로서의 복귀관으로 영의 현

세복귀관념으로 처리할 수 있다. 원시인에게 있어서 영존재는 인간들과 교제하며 인간의 행위가 그들의 好感(호감)이나 惡感(오감)을 불러일으키는 직접적 원인이 되기도 한다. 이러한 영존재는 꿈과 현실투사를 통하여 육체탈이 제현상을 갖고 '출생', '계시(啓示)', '보징(報懲)'의 형태로 나타난다. 이와 같이 꿈에 나타난 肉體脫離(육체탈이) 제현상이 작품 속에서 어떻게 나타나는지 살펴보기로 한다.

1) 출생과 관련된 형상

> 첩등이 애락 영복이 다 대왕께 있사오니 바라건대 좋은 따에 보내소서. 하더니 홀연 천상에서 대풍이 불더니 모든 사람을 일시에 불어 사변으로 흩어지니 역사를 좇아 한 곳에 다다르니 발이 따에 닿거늘 정신을 차려보니 산이 둘렀고 물이 맑은 가운데 초개 여나믄은 하더라. 사재 성진을 다리고 한 집에 이르니 집안의 계집 사람이 놀래거늘 사재 성진을 손쳐 이르데 -중략- 성진이 사재 주쳐하니 등을 밀어 엎어지며 정신이 아득하여 천지 변복하는 듯 소래 지르니 소래 목안에서 나며 다만 말을 못하고 아이 울음소래 뿐일러라. 〈박성의 「구운몽」 정음사〉

성진이 사자에 인도되어 인간계에 밀려 엎어져 소유로 태어남은 종교적 환생업보에 의해 영의 육체재현의 상징으로 간주되며, 고대인들이 갖고 있는 것과 같은 작가의 꿈이 육체를 이탈하여 영혼은 영계에서 이루어지는 것으로 섭리에 관여하여 직접 간접으로 태아적 영혼과 접촉을 실현하는 관념으로 이해된다.

2) 계시와 관련된 형상

꿈이 하나의 신앙으로 계시성을 갖고 있다. 이것은 꿈꾸는 동안 영과 교제로 이루어지는 원시관념의 바탕 아래 잠깐 육체를 이탈한 인간의 영혼이다. 인간의 영혼이 직접 지시하는 것과 달리 상징화된 종교적 회귀로 인한 접촉 혼인되는 것은 다음에서 살펴볼 수 있다.

> 도화 한 가지를 꺾어 팔선녀 앞에 던지니 즉시 명주 팔 개 되었
> 거늘 팔선녀 각각 손에 쥐고 성진을 돌아보며 채운을 타고 공중으
> 로 올라가니 척교에 홀로 서서 바라보다가 향운이 흩어지거늘 척
> 교를 떠나 노승께 뵈온 후에 제방에 돌아오니 날이 저문지라. 〈박성
> 의 『구운몽』 정음사〉

하계인 속세에 내려오기 전(출생 이전)에 도화 한 가지를 던진 인연으로 명주 여덟 개로 화한 것을 쥐고 팔선녀는 공중으로 올라간다. 이는 영혼이 육체를 이탈한 것으로, 도화 한 가지와 명주 여덟 개는 소유와 팔 부인이 혼약함을 상징한 것으로 육체이탈의 한 형태로 이해된다.

3) 보징(報懲)과 관련된 형상

영존재가 행위에 대한 보징의 형식으로 인간사에 관여한다. 이 일은 꿈의 형상에서 보징이 수면 중 몽사(夢事)로서 당자에게 선악에 구애됨

이 없이 현실 세계에 대하여 영향을 가졌다고 본 생각의 일면을 살펴볼 수 있다.

> 사형은 자냐? 사뷔 부르나이다. 성진이 놀라 좇아 장에 들어가니 대새 제자를 모으고 촉을 밝히고 꾸짖으되 상진아, 네 죄를 아난다? 성진이 황망히 섬에 나려 고두 왈 네 용궁에 음주하고 석교어 여자와 수작하고 돌아 와 -중략- 황건 역사를 불러 왈 "네 이 죄인을 영거하여 풍도성왕께 부치라" 〈박성의 「구운몽」 정음사〉

이는 도를 수양하고 있는 성진으로 하여금 악을 징계하는 일면으로 작자의 현실세계에 영향을 끼쳤던 관념인 선악에 보징 받는 한편 영존재가 가차 없는 징계를 당하는 형상으로 나타난다. 불도에 금계로 되어 있는 술과 여자로 말미암아 풍도성왕께 인도되는 영존재를 말한다.

앞의 세 형상(출생, 계시, 보징)은 작자의 현실 투사의 肉體脫離(육체탈이) 관념(觀念)으로 이해된다. 또한 작자의 현실 투사의 肉體脫離(육체탈이) 관념(觀念)의 하나인 인류적 고향으로의 지향은 무의식적으로 구운몽의 모티브가 된다.

> 사뷔 나의 그른 생각을 알아 성진으로 하여금 번화 부귀와 남녀 정욕을 다만 환으로 알게 하도다. 하고 급히 체수하고 방장에 나아가니 대새 고성하여 문 왈 성진아, 인간사 어떠하뇨? 성진 고두 왈 제재 무상하여 마음을 부정히 가지기로 사뷔 하로 밤 꿈을 일위어 성진의 마암을 깨닫게 하시니 -중략- 대사 성진의 도통을 보고 가사와 금강경을 전하고 서천으로 향하니 성진이 연화도량 중

을 거나려 섬겨 보살의 대도를 얻어 극락세계로 돌아가라 이르더

라. 〈박성의 『구운몽』정음사〉

이것은 불교사상의 정토관념으로 catharsis적 motherland(모태)의 원시적 관념에 불교적 윤색을 가한 것이며, '보살의 대도를 얻어 극락세계인 서천으로 귀의'하라는 말의 근원에는 원초적 인류의 고향으로 복귀해야 한다는 생각을 내포하고 있는 것이다. motherland로 들어간 영혼들은 동일한 상태로 되돌아가려는 사물의 생성과정으로 이해되는 영원의 회귀로 시간과 생성에 의해 오염되지 않은 하나의 존재론을 보여주고 있다.

엘리아데는 재생의 계속성에 대하여 순수하고 완전한 존재가 자체 속에서 존재하는 것, 언제나 자체와의 동일성을 유지해 나가는 것을 말하고 있다. 다시 말하면 영원하고 불변하는 것으로 동일시하였다. 이러한 이해에 대해 명료한 이상을 지니고 있는 한 불변성, 영원성, 반복성은 정화의 과정을 거쳐 다시금 현실로 투사되는 것이다.

이상에서 보아온 원시신앙으로서의 영관에 대한 이해는 인간의 근원적 욕구인 꿈과 현실의 신비 속에서 실현되었다. 이와 같은 인류적 향수는 하나의 무의식으로 인간의 심리심층에 잠재하며 부단히 그 출구를 찾고 있는 인류적 지향의 노출인 것이다. 문학적 형상으로서의 영의 육체이탈관념은 영혼이 영계로의 복귀와 관련하여 인간 생명 본원의 인류적 무의식을 간직하고 있는 것과 같은 작자 자신은 motherland(모태)로의 자유로운 생각을 희망하던 원시인의 사고와 같은 원형성을 갖는다.

Ⅲ. 역동적 모티브로서의 지향성

인류가 지향하고 갈망한 바는 언제 어디서나 문학적으로 형상화되었다. 이런 까닭으로 원천적 가능성을 통하여 의미를 확충하고자 일상적 시야 밖에 있는 것으로 보이는 '지향성의 문제'를 본 작품에서 들추려 한다.

지향성의 문제는 C. C. Jung에 의해 구분되었다. 그리고 그는 외향적 태도에 대한 보상으로서 무의식적 내향성을, 내면적 태도에 대한 보상으로서 무의식적 외향성을 동시에 제기하였다.

성진은 육관대사와 위부인이 함께 살고 있는 거룩한 장소인 천상의 신성계로부터 양처사가 살고 있는 세속세계로인 양소유로의 지향은 일상적 시야 밖에 있는 것으로 보인다. 이것은 우주론적 외부지향적 모티브를 가진 이야기의 대상으로 보인다.

상상의 세계인 문학에서 성진이 신성하고 거룩한 세계에서 세속적이고 환각적인 소유의 세계로 들어가려는 의지는 인간의 삶을 설명해줄 수 있는 새로운 범주의 두 가지 경험의 양태(聖과 俗)인 성에서 속으로 외부적 지향을 뜻한다. 성의 세계는 모성의 이미지를 간직한 가장 안전하고 안락한 보금자리로서 인류가 선험한 이상적 요람으로 낙원인 모태이다.

주인공 성진은 외향적 태도에 대한 보상으로 무의식적 내향성을 간직한 의지는 모든 장애를 뚫고 안으로 안으로 들어가는 것이다. 불법을 수학하는 성진으로서 해서는 안 되는 금기를(술과 여자) 파괴하고 속세의 맛을 본다. 이는 곧 황건 역사에 이끌려 풍도옥 속에 떨어지는 파국을 맞는다. 그의 지향은 금기로 되어 있는 율법을 깨뜨리는 폭력적

침입으로 간주된다.

서포(西浦)는 배소 생활의 암담한 현실 속에서 일상적 생활과 구획되고 밀폐된 시간과 공간은 내부지향의 대상이 될 수밖에 없었다. 작가가 들어가고자 하는 세계는 현실세계보다 차원 높은 이상적 낙토로서 현세적 질곡을 지양한 자유로운 세계였다.

이상적 세계에 들어간 양소유는 인생의 부귀영화는 뜬구름과 같은 세계임을 자각하고 극락세계(이상세계)로 '나온다'는 이야기로 결국 마무리된다. 동굴에 들어가는 주인공들은 들어가는 그때부터 나오는 숙명을 지니고 있는 셈이다. 이와 같은 역동의 양 측면은 상대적이면서도 절대적인 차원에서 하나로 지향되고 있으며 일상적인 의미를 넘어서 문학의 역동성을 구현한 형이상학적 모티브가 된다.

주인공 양소유가 꿈꾸는 환상적 이상세계는 꿈이란 것을 깨닫고 성진으로 돌아오는 모태 복귀의 회상이 결부되어 '나온다'는 성(聖)의 세계로 지향하는 것이다. '나온다'는 의미의 태아기의 출생은 의식 이전의 경험이며 집단무의식의 소산이다. 성진으로 돌아오는 세계는 성스러운 종교적 세계로 복귀하고자 하는 의지며 모태 복귀의 지향이다. 이는 지락한 모태 시대로 돌아가는 것이요, 잃어버린 태아 시대를 회복하는 것이다.

무의식적 내부지향의 역동적 모티브는 환(幻:남의 눈을 속여 괴상한 것을 나타나 보이게 하는 기술)의 상태에서 깨어난 성진으로 하여금 진여(眞如:[불교] 우주 만유의 보편한 본체로서, 현실적이며 평등무차별한 절대의 진리)의 상태인 자유로운 세계로 들어가도록 한 것이다.

상상 활동의 역동성은 모태적 인상과 관련된 근원적인 가치의 세계를 향해 있다. 성진이 들어가고자 하는 모태적 근원 세계인 공간성은 현실적 세속세계에서 이상적 극락세계로 복귀하는 윤회의 존재로서 재생하였으며 양소유 자신을 재생시키기 위해 가능한 한 자주 그 순간으로 들어갈 필요성을 느꼈다.

고대사회는 시간을 무효화시킴으로써 주기적으로 자기 자신들을 재생시키려는 욕구를 지니고 있다는 사실을 고려할 때(신화의 세계에서 볼 수 있음) 성진으로서의 재생은, 즉 생명은 회복되는 것이 아니라 다만 우주 창조의 반복을 통하여 재창조되는 것이라고 하는 사상을 상징적 회귀를 통하여 표출하였다. 영원의 회귀에서 모태적 향수를 갖고 내면화하지 않은 시간을 의식적으로 변화시키지 않고, 자기 자신의 실존 차원으로 스스로 만족하려는 외부지향은 신적인 축복과 정신적 풍요를 향유하는 이상적 인간의 이미지를 갈구했던 것이다.

IV. 갈등과 대립의 조정

생과 자연의 구조원리의 하나가 대립이고, 그로 인한 갈등이라는 인식과 그 갈등을 피치 못할 실존으로서 받아들이면서 함께 그 갈등을 지양하고자 하는 기도가 제의적 원리요, 제의적 철학인 것이다. 이러한 현상학적 대립을 그 밑바탕에서 규제하고 있는 갈등의 존재론적 원리는 '대립의 조정'이다. 작품 속에 나타난 각종 양태를 통해 시현되는 갈등의 현상을 중심으로 추출해 보기로 한다.

1) 성진과 팔선녀 사이의 신성혼의 갈등

성진과 팔선녀는 신선계에서의 인연으로 말미암아 지상계에 떨어진다. 이들은 인간계에서 혼인하게 된다.

> 성진은 육관대사의 명으로 용궁에 다녀오는 길에 팔선녀와 접촉하고 행하여 석교에 이르니 팔선녀 다리에 앉아 시녀를 희롱하거늘 성진이 길을 청하니 선녀 대 왈 -중략- 마음이 황홀하여 자못 생각하였고 용궁에 들러 자하주를 두어 잔을 얻어 마셨다. 〈박성의 「구운몽」정음사.〉

불법을 닦는 자로서 금계로 되어 있는 것을 행하고 말았다. 성진은 '금기'로 되어 있는 두 가지 법을 파괴하고자 하는 의지와 불법을 지키려는 의지와의 갈등이 일어나고 있으며 팔선녀와 혼사 장애가 금기를 파괴하려는 지향적 의지로 혼사의 종국적인 목적인 서로 인연을 맺는 것에 대한 방해라는 점에서 혼례 제의가 지닌 결연의 원리와 같은 것이다. 이러한 대립의 조정은 소유와 팔 부인으로 지상계에 출생함으로써 전세에서 계기화된 신성혼이 성립되는 것이다.

2) 생사의 원리와 우주 원리의 갈등

재생의(再生儀)는 생과 사의 양반제(兩半制, dualism)를 그 구성 원리로 삼고 있고 적어도 재생의의 전반은 죽음의 연출이며 자연의 죽음을 제의적으로 선점하는 것이나 작품 속에 성진과 팔선녀는 신선계에서 속세로 떨어진다.

대새 왈 네 스스로 가고자 할게 가는 데가 곧 네 곳이라. 다시 소
래하여 황건 역사를 불러 왈 네 죄인을 영거하여 풍도성왕께 부치
라. 〈박성의 「구운몽」정음사.〉

　　이는 극락세계로 가기 위한 죽음이며 소유와 팔 부인이 극락세계로
감이며 '팔선녀 다 성진을 스승으로 섬겨 보살의 대도를 얻어 극락세계
로 돌아가라 이르더라.'는 것은 속세에서 재생함을 말함이다. 이것은
죽음이 제의를 통해 획득된 삶의 전생으로 긍정되고 삶은 제의적 죽음
의 후반으로서 긍정되면서 생과 사도 그 대립을 초월한 종합적인 삶 속
에서 지양되는 것이다. 생과 사의 대립이 지양하는 인간 의지의 제의적
표현으로서 재생의의 원리는 삶이 지닌 갈등의 원리로서 우리 인간이
갖는 생과 사의 절실한 문제의 그 이상도 이하도 아닌 것이다. 신선계와
속세를 넘나드는 생과 사의 문제는 우주론적 갈등의 원리로서 인간 제
의 속에 연출되는 원리인 것이다. 팔선녀는 극락세계로 감으로 대립은
화해되는 것이다.

3) 성진과 육관대사와의 갈등

　　Gluckman은 일찍이 피지배 계급이 통치자나 주재자에게 반항하는
것으로 알려진 제전에 주목하였다. 성진과 육관대사는 법도를 가르치
고 배우는 사부와 제자(사회적 계급자)로서 금기된 계율을 어김으로써 갈
등은 대립을 보인다. "네 용궁에 음주하고 석교에 여자와 수작하고 돌
아와 은근히 세상 부귀를 흠모하니", "거룩함이 남방에 제일"인 육관대
사가 그의 법도를 가르친 수제자 성진이 범법함으로써 스승과 제자 사

이의 대립이 나타난다. 또한 "제재 죄 있사오나 어찌 차마 풍도에 보내리이까? 대새 왈 진세를 생각하니 어찌 한 번 윤회를 면하리오."에서 성진(피지배자)이 육관대사(주재자)에게 반항하는 것은 제의적 대립의 요소로서 윤리적 차원을 넘어선 종교적 차원의 인간론적 문제로 투영되는 것이다. 극락세계로 보내기 위해서는 사랑하는 제자를 풍도성왕께 인도하여 성진을 구제하기 위한 인간론적 문제였다. 제자 성진과의 대립이 극락세계로 재생할 수 있는 길을 열어줌으로써 화해되는 것이다.

4) 성(性)의 갈등

성적 갈등은 성적 문란을 현상의 속성으로 의미함을 말한다. 성적 문란은 동성애, 성적 변태, 여성의 희롱, 남성의 여장 형태로 나타난다. 이에 대한 연구는 이능우 교수의 '구운몽 연구'에 의해 발표되었다. 이를 중심으로 성적 갈등의 현상을 살펴보기로 한다.

양소유는 여덟 부인을 능동적으로 맞아들이는 것이 아니라 피동적 여성의 성격을 띠고 있다. 이를 주인공 양소유 성격을 보면 일종의 피수소망의 발현으로 억압되었던 욕구가 성적 변태로 이해되는 것이다. 또한 동성애적 경향과 남성의 여장의 내용을 살펴보면,

> 양랑이 이때에 여복으로 바꾸어 입고 거문고를 뜯어 계집종이 듣게 하면 필연 돌아가서 부인께 여쭐 것이요. 그러면 부인께서 틀림없이 청해 갈 터이니 정사도 집에 들어간 후에 소저를 만나 보거나 못 보거나 하는 것은 모두가 연분에 달렸으니 내가 알 바가 아니요. 별로 다른 계책은 없어도, 또한 그대의 용모가 아리따운 여

자의 모습이고 수염이 나지 아니하였으니 변장하기 어렵지 않도다.

〈전규태(全圭泰) 譯註. 九雲夢. 瑞文文庫〉

주인공 양소유는 수염이 없는 예쁜 여자의 모습으로 나타나며, 남성의 여장 형태가 엿보인다. 작품 속에 나타난 동성애, 성적 변태, 여성의 희롱, 남성의 여장으로 성의 교잡이 생겨 성의 문란이 일어난다. 이것이 성적 갈등으로 이해된다. 이 갈등이 지양하고자 하는 원리가 제의 원리로서 인물을 혼동하여 성적 갈등은 대립된다. 이 대립은 인간과 영적 세계를 넘나들며 조정되는 것이다.

이상에서 갈등은 주인공과 환경, 주인공과 타아, 주인공과 자연, 주인공과 객체와의 사이에 동일성의 회복으로 화해가 성립되고 있다.

V. 결언

시간과 공간을 넘어서 인간의 의식 속에 재현되는 원형들을 작품 속에서 추출해 보려 했다. 상징화된 문학적 형상에서 동일화를 추적해 가면서 작품의 체계를 재구성하려는 것이다. 이러한 구성적 작업을 통하여 본고에서 논술된 것을 정리하여 보면 다음과 같다.

ㄱ) 원시신앙으로서 복귀관념은 정령적인 힘에 의하여 화해되고 있으며, 이러한 영존재는 肉體脫離(육체탈이)의 제형상인 출생, 계시, 보징의 형태를 갖고 무의식적으로 motherland(모태)에로 지향하

며 이는 원시인의 사고와 같은 원형성을 갖는다.

ㄴ) 역동적 지향성은 주인공 성진이 현실세계인 속(俗)의 세계에서 극락세계인 성(聖)의 세계로 복귀하고자 하는 내부지향으로써 자유롭고 순수한 영원의 회귀를 갈구한 것이다.

ㄷ) 작품 속에 성진과 팔선녀의 신성혼의 갈등, 생사와 우주 원리의 갈등, 사회 계급적 갈등으로 성진과 육관대사의 갈등, 성적 갈등이 나타나고 있다. 이는 제의적 원리로써 동일화에 의한 대립이 조정된다.

이상에서 작품 내면의 본질적 형상을 추적해 보았다. 이것이 구운몽이 갖고 있는 문학적 형상의 소산이라 믿는다.

: : 참고 문헌 및 논문

1. 전규태(全圭泰) 譯註「九雲夢」, 瑞文文庫
2. 김상일 譯「신화문학론」, 을유문화사
3. 김열규「한국민속과 문학연구」, 일조각
4. 이능우「고소설 연구」삼우출판사.
5. 이부영「분석 심리학(C. G. JUNG의 인간 심리론). 일조각
6. 정진홍 譯「우주와 역사」, 현대사상사
7. 장병길 譯「꿈의 해석 – 프로이드」, 을유문화사.
8. 황패강「고대서사문학연구」단국대 출판부.
9. 황패강「조선 왕조 소설 연구」한국연구원 34.
10. 김병국「구운몽 연구 – 그 환상구조의 심리적 고찰」, 국어학연구 6輯
11 박성의「구운몽의 사상적 배경 연구」동아출판사.
12. 박성의「구운몽」정음사.
13. 윤일주 譯「예술이란 무엇인가?」, 을유문화사
14. 이상섭「문학 연구의 방법」探求堂 등

롤러코스터의
回轉運動(회전운동)을 類推(유추)하며

롤러코스터가 안으로 향하는 힘과 밖으로 가려는 힘이 맞물려 회전운동할 땐 뒤집어져도 신명나게 잘도 가듯 내가 안전하게 정상궤도에서 활동할 수 있는 것은 양심으로 나를 포용하려는 힘과 한계자유 속에서 벗어나려는 힘이 상쇄되는 힘 운동을 할 때이다.

나는 현실과 이상의 충돌에서 힘의 작용을 받아 힘의 쏠림에 무너지는 나를 발견한다. 나는 포용하려는 힘과 한계자유 속에서 벗어나려는 힘이 맞부딪칠 때, 안전하게 정상궤도에서 탈 없이 활동할 수가 없다. 나는 현재 처해 있는 상황이 양심에서 멀어지려는 힘의 작용을 받을 때 안정성을 위협받는다. 다수의 힘에 떠밀려 양심에서 떨어진 힘의 쏠림으로 나는 방향성을 잃고 이탈한다. 내 스스로 의무가 있다면 양심에 따라 움직이는 일정한 거리의 자유이다. 힘의 균형을 깨뜨리는 무리들은 오히려 나의 자율적 돌출이 정당성도 없다고 윽박지른다. 당신들의 세계 안으로 나를 끌어들이는 힘이 적법하고 타당하다고 우긴다. 다수의 행위는 정당한 것이며 복종할 의무를 지녀야 할 것으로 당연하게 생각할 때, 때론 나는 부당한 사회적 권위와 힘을 부정하고 개인의 자유와 평등, 정의, 형제애를 실현하고자 한다. 당신들 안으로 끌어들이는 힘은 밖으로 벗어나려는 나의 자율적 의지를 꺾어 내동댕이친다. 양심에 자극받아 스스로 모난 힘은 적법성도 없는 당신들의 공동체 안에 억지로 끌어넣으려는 힘에 쏠리어 공동체는 금이 간다.

열린 마음을 갖는다는 것은 나를 우리의 공동체 안에 잡아두는 것이요, 양심에 따라 나를 돌려세워 나와 당신들이 함께 손을 들어 올리는 것이다. 내 자발적 일탈이 분별없이 수용되는 것은 진리도, 거짓도, 선악도, 미추도 없는 세상을 사는 것이다. 따라서 나는 학문적 양심에 맡겨진 진리도, 거짓도, 선악도, 미추도 없다고 감히 지적한다. 결과로, 나는 의심받았다. 명예를 지키고 사회 발전에 이바지하는 사람으로서의 품성과 정신적 상태마저, 마지막 양심의 보루라 의심치 않았던 믿음이 절대 다수가 주장하는 '좋은 것이 좋다.'라는 판단에 떠밀리어 진리가 양심의 중심에서 멀어져 균형을 잃고 안정성이 금이 갔다. 거듭 무시되어 피멍 든 양심의 반란에 거칠어지고 생채기가 났다.

신앙만큼 거룩하다고 믿는 분노는 슬기롭지도 조화롭지도 못한 타협이 되어야 한단 말인가? 타협과 순응은 나를 부드럽고 둥글게 한다. 자유의지로 행동하는 양심은 나를 거칠고 모나게 한다. 부드럽고 둥근 것과 거칠고 모난 것은 다른 것이지 그른 것은 아니다. 내가 사는 모습이 남과 다르고 도덕적으로 사회적 통념과 다르다고 그르다 할 수 없다. 모난 돌이 정 맞는다. 눈에 가시는 성가시다. 굴러 온 돌이 박힌 돌을 빼내고서야 순순히 이 사회를 살 수 있다는 걸 나는 배우지 못했다. 세상에 드러나 스캔된 사실을 합리적 판단으로 따져보면 삼척동자도 알 일이다. 선과 악 중 어느 것이 좋고 나쁜가? 아름다움은 무엇이고 추함은 무엇인가? 옳은 것은 무엇이고 그른 것은 무엇인가? 내 선량한 악은 다수에 맞서 힘의 균형을 잃어 걸레처럼 더럽고 너저분해진다.

우리 함께 하는 공동체 사회는 진리는 있는가? 우리 사는 열린사회는 양심은 있는가? 상아탑은 진리와 양심을 가르치라 목청 높인다. 내가 다수의 이익과 잠시 타협할 수 있을 때 진정한 공리가 아님에도 불구하고 내가 살길이고 우리 모두가 살길이라고 위협한다. 난 그런 억지에 맞서 보려 하지만 가위눌려 힘에 부쳐 스러진다. 나는 소수, 당신들은 다수, 당신들 꿈꾸는 사회가 두루뭉술 다수의 이익과 함께하는 정이 흐르는 사회라면 내가 살고픈 사회는 *똘레랑스가 흐르는 사회이다. 권리는 아니지만 그렇다고 금지되는 것도 아닌 양심에 따라 움직이는 일정한 거리의 자유가 있는 사회를 꿈꾸는 것이다. 절대다수의 힘의 세계를 감당할 수 없을 땐 정 맞을 행동을 낳는다. 스스로 정 맞을 행동이 분별없이 수용되는 것도 진리도, 거짓도, 선악도, 미추도 없는 살아볼 만한 사회가 아니다.

사회를 바꾸는 것은 사고의 혁명. 성찰로 낳은 혁명과 양심이 키운 모난 행동에서 마지막 비빌 언덕이라 믿었다. "좋은 것이 좋다."라는 절대다수의 판단이 진리도, 허위도, 선악도 구하지 못하는 줄 알고 시멘트처럼 굳어진 이 사회를 더 이상 분별없이 수용할 수 없는 것이라 믿고 결국은 양심으로 시위했으리라….

떠받고 사는 우리 세상이 진리도 선악도 없는데 분별없이 수용할 수 없다는 소수의 힘과 안전망 안의 당신들의 공동체에 소속시키는 다수의 힘의 쏠림으로 내 자유의지는 마침내 꺾여 균형을 잃고 금이 갔다. 이것도 옳고 저것도 옳다고, 이것도 그르고 저것도 그르다는 것은 모든 것을 담는 마음은 진지한 삶을 사는 인간의 마음이 아니다. 내 자유의지는 편견과 아집의 틀 속에서 두루뭉술 얽어 매여 순종자가 되는 것을 거부함이고, 새 세계에 대한 부적응과 한가지로 경직된 고착으로 부터 벗어남이라. 편견과 아집에서 해방이요, 풍요한 삶을 위한 마음이다. 열린 마음은 한계자유 속에 나로 행동하는 힘과 공동체 속에 내가 스스로 찾아가 소속되기를 원하더라도 너그러이 서로 믿고 받아들이는 것이요, 맞선 힘에 의해 맞물려 움직이는 힘의 균형이다. 원운동이 쏠림 없이 안팎으로 맞물려 힘의 균형을 이룰 때 궤도 이탈은 없다. 내가 안전하게 이탈되지 않는 것은 중심에서 멀어지려는 힘과 대칭적으로 작용하는 힘이 미치는 롤러코스터의 회전운동 안에 있을 때이다.

권리는 아니지만 그렇다고 금지되는 것도 아닌데, 오죽했으면 시위를 했을라고? 스스로에 구속된 자유의지에 당신들이 귀히 귀담았다면, 당신들이 믿는 의견에 군소리 없이 난 복종한다. 나는 소수, 당신들은 다수, 당신들 사는 곳이 두루뭉술 다수의 정이 흐르는 곳이라면 내 살고픈 곳은 똘레랑스가 살아 숨 쉬는 사회. 똘레랑스가 흐르는 세계처럼 나와 남을 동시에 너그러이 담을 수만 있다면, 스스로 보호하려는 의지를 품어 당신들의 힘에 맞서 구속된 자유를 맛보고자 함이라.

내가 정상궤도에서 안전하게 움직일 수 있는 것은 롤러코스터가 회전운동으로 안으로 작용하는 힘과 중심에서 밖으로 멀어지려는 힘이 맞물려 작용할 때이다. 제한된 자유 속에서 밖으로 움직이려는 나와 그런 행동을 안으로 끌어들여 힘의 쏠림 없이 균형 잡힌 힘 운동할 때 안전하다. 나는 소수, 당신들은 다수, 너의 힘이 나의 힘보다 크다고만 겁주지 말고 더불어 쏠림 없는 안전한 운동이 이루어질 수 있도록 만들어 갈 때 당신과 난 똘레랑스가 흐르는 사회[1]에서 함께한다. 너도 나처럼 본받고 동시에 내가 너를 존중하고 보듬는다. 난 롤러코스터가 정상궤도 이탈 없이 뒤집어져 신명 나게 회전운동을 할 때 당신들이 믿는 의견에 군소리 없이 복종하며 당신들과 더불어 행복할 것이다.

내가 꿈꾸는 세상은 소수의 자유와 평등, 정의가 실현될 수 있는 곳이다. 그곳은 바로 롤러코스터가 안으로 향하는 힘과 밖으로 가려는 힘이 맞물려 회전운동할 때처럼 뒤집어져도 신명나게 잘도 갈 수 있는 사회이다.

---

1) 다른 사람이 생각하고 행동하는 방식의 자유 및 다른 사람의 정치적, 종교적 의견의 자유에 대해 존중하는 사회

입향조의 뿌리를 찾아서
– 양정공(襄靖公) 이화(李樺)의 시를 만나다

양정공 이화의 침류정

나의 아들이 초등학교에 다닐 때의 일이 어렴풋이 기억났다. 우연히 교과서를 살펴보던 중 '나와의 관계'에서 계촌에 대한 내용이 떠올랐다. 계촌은 '나'와 '타인'의 관계에서 '나'에서부터 원근의 관계에 따라 혈족, 인척, 이웃으로 관계가 확대되어 간다. 그런데 어느 명절날 나는 아이들에게 한번쯤 뿌리에 대해 일러주고 싶은 마음에 내가 태어난 고향의 입향조에 대한 내용과 계촌에 대해 설명하였다. 아이들은 잠시 듣다가 지루해 하더니 시큰둥해졌다. 결국 아이들의 관심을 모으는 데는 실패했다. 좀 더 알아봐야겠다는 생각에 입향조의 뿌리를 찾아 나섰다.

600년 가까운 세월 속에 한 지역에서 집성촌을 이루고 살아왔으나 일가친척, 친족, 문중의 피붙이의 수가 600년 세월을 담기에는 살아가는 삶의 터전도 부족하다는 느낌이 들었다. 생활 근거지인 우렁골(芋洞)

중말 단구촌을 중심으로 인근에 흩어져 살아가도 오랜 세월을 살아온 흔적이 미미하다. 모두 어디로 떠났는가? 후손이 귀한 것인가? 무슨 사연이 있는가? 궁금하였다. 이런 해답을 찾는 데 나의 노력이 부족하고 무지한 탓도 있지만, 자료가 부족한 탓에 어려움을 겪었다.

개국신이나 시조신은 신화가 있다.

우리 시조 이도(李棹) 할아버님 신화는 문중 성보 세적편 에 전하며 내용은 다음과 같다.

태사공은 전의현 사람이라 처음 휘는 이치 字니 충청남도 연기군 전의현 금강 웅진나루의 호족 출신이었다. 고려 왕건(고려 태조)이 남정할 때 후백제 견훤을 치기 위해 금강에 이르렀을 때 홍수로 강물이 불어 강을 건너기가 어렵게 되자, 금강물 건널 적에 건널 꾀가 전혀 없어 강가에 진을 치고 명장 모사를 모아놓고 계책을 강구했으나 건널 길이 어려웠다. 공이 계책을 세워 선박을 동원하여 수만의 군사들이 무사히 강을 건널 수 있게 했다. 강물이 불어 방심하고 있던 백제 군사들은 속수무책으로 일격에 무너지게 된다. 이 싸움은 후백제에게 큰 타격을 입혀 결국 고려 개국의 결정적 역할을 하게 했다. 이에 왕건은 개국통합 삼한익찬공신이란 봉작과 도(棹)라는 이름을 내렸다. 이도께서는 나중에 벼슬이 삼중대광태사에 이르렀다.

시조 도의 7세 이천(우리나라 최초의 잠수함 명칭이 이천함이라 명명됨)께서 3형제분으로 그 맏이가 8세 성균관(대사성공) 휘 자원에 둘째 이혼(문장공 예안이씨) 셋째 자화(전서공)로 대사성공을 이은 9세인 문의공께서 외아들로 태어나셨다. 1292년 사마시에 장원하니 시년 20세요, 1294년 갑오년에 22세 청년으로 문과에 급제하여 관직에 진출 42년간 국정을 맡은 분이시다. 공께서는 관직에 진출 고려 광정대부 정당문학, 첨의 평리, 예문관 대제학, 지춘추관사 등 중책을 맡아 하셨고 충렬왕, 충신왕, 충숙왕, 충혜왕 4대 임금을 모시며 총애를 받으신 충신이다. 그리고 충숙왕 8년에는 정조사로 원나라에 다녀오셨다. 공께서 나이 7살 되던 해 아버님이 세상을 떠나시고 정성 들여 수학하여 예문관 대제학까지 오르신 분의 후손이시다.(고정당문학이공묘지 및 세덕가 참조)

전의 문중이 600여년 함께 살고 있는 풍산 입향조는 풍산읍 동쪽 하지산(下枝山) 아래 풍산들을 바라보면서 서향으로 자리 잡고 있다. 학가산에서 뻗어 내려온 산줄기가 하지산을 만들고 다시 남쪽으로 뻗어 와 우산(臥牛山), 옥녀봉(玉女峰), 비아산(飛鵝山)으로 이어져 마을을 감싸고 있고 마을 앞에는 학가산 자락에서 시작한 상리천이 남으로 낙동강에 흘러들고 있다. 하지산 자락과 상리천 사이에는 싱구실, 우렁골(우동), 새못골, 중말, 한절골, 고창으로 부르는 작은 마을들이 이어져 있다. 사람들은 뒷산과 집들이 어우러져 있는 모습을 보고 하늘의 옥녀가 내려와서 베틀에 앉아 날줄과 씨줄를 고르며 베를 짜는 형상과 같다고 한다. 남쪽의 하리에는 찰방 조안도와 이웃 마을 마애(마라)에는 송안군 이자수가 터를 잡은 곳이기도 하다. 또 고려 때 풍산현 관아가 있었던 곳으로 조선시대까지 풍산 지역에서 중심적 위치에 있었던 곳이다.

고려 왕실은 1388년 이성계에게 명나라를 치게 한다. 그러나 이성계는 위화도에서 회군하여 개성으로 돌아와서 우왕(禑王:고려32대왕)을 폐하고 창왕(昌王)을 왕위에 앉히는 사건을 일으킨다. 이때 이자원(李子蒝:8세)의 증손이었던 이사례(李思禮)는 지금의 내무부장관급에 해당하는 종2품 상서이부판사의 자리에 있었다. 결국 이사례는 이성계 일파에 의해 목숨을 잃게 되고 아들 전농정 이웅(李雄)은 숙부 송월당 이사경(李思敬)을 따라 안동 소산리로 은신하게 된다. 이후 양정공 5대손 첨지공

仲年 때에 설못을 떠나 화전리 지금의 중말로 자손 세거하였다. 우렁골(芋洞) 하리 중말을, 예안은 우렁골(우둥) 상하리를 중심으로 오랜 세월 함께 살고 있으며 풍산읍 동쪽 하지산(下枝山) 아래 풍산들을 바라보면서 서향으로 자리 잡고 있다. 학가산에서 뻗어 내려온 산줄기가 하지산을 만들고 다시 남쪽으로 뻗어 와우산(臥牛山), 옥녀봉(玉女峰), 비아산(飛鵝山)으로 이어져 마을을 감싸고 있고 마을 앞에는 학가산 자락에서 시작한 상리천이 남으로 낙동강에 흘러들고 있다. 하지산 자락과 상리천 사이에는 싱구실, 우렁골, 새못골, 중말, 한절골, 고창으로 부르는 작은 마을들이 이어져 있다. 사람들은 뒷산과 집들이 어우러져 있는 모습을 보고 하늘의 옥녀가 내려와서 베틀에 앉아 날줄과 씨줄를 고르며 베를 짜는 형상과 같다고 한다. 우렁골(芋洞)은 행정상 풍산읍 상리와 하리를 포함하고 있다. 북쪽 상리쪽에 전서공 류종혜, 정승 권진, 효자 김시좌, 효자 권순, 열부 유천주의 처 김씨가 살았던 곳으로 '영가지'는 전하고 있다. 남쪽의 하리에는 찰방 조안도와 이웃 마을 마애(마라)에는 송안군 이자수가 터를 잡은 곳이기도 하다. 또 고려 때 풍산현 관아가 있었던 곳으로 조선시대까지 풍산 지역에서 중심적 위치에 있었던 곳이다. (안동문화지킴이 대표 김호태님)

풍산 입향조 양정공 이화의 침류정 및 일성당, 양정공 이후 존경사, 어필영정각 등 사적과 세계도를 통한 관련 내용과 인물을 중심으로 정리하면 다음과 같다.

일성당 현판

1세:棹 - 2세:康 - 3세:秀英 - 4세:文景 - 5세:允寬 - 6세:順 - 7세:任
- 8세:子蘐 - 9세:彦忠 - 10세:光起
        - 10세:光翊(0) - 11세:思義
                - 11세:思禮(0) - 12세:雄 - 13세:楷(해) - 후사 없음
                        - 13세:樺(화) - 14세:希東
                                        → 20세:山斗(청헌)
                        - 13세:櫃(강), 처: 의성김씨(정려함)
                - 11세:思敬(송월당)
- 8세:混 - 9세:彦昇 - 10세:翊(예안이씨) - 11세:昇
- 8세:子華

입향조 세계도

존경사

공의 휘는 樺요, 자는 경실, 호는 야소헌이고 시호는 양정이다. 부친 웅이 고려가 망하자 가솔을 데리고 남하, 豐山에 은거하였다. 모친은 안동 권씨로 領相을 지낸 鏞의 따님이라. 타고난 성품이 효도와 우애가 駕實하였으며 부모상을 당하여 6년간 여막살이를 하였으며 여러 형제가 한 집에 모여 살아도 큰소리 한 번 없었다. 세종 경자년에 사마시에, 임인년에 다시 문과에 급제하여 문무 양시를 하였으며 3대 임금을 섬기셨다. 1429년(기유년) 啓稟使의 무관 誠寧君을 따라 중국을 다녀오셨고 丁巳年에는 만주의 오랑캐를 정벌하라는 명을 받고 출정하여 이기고 돌아왔다. 기사년에는 왕의 부름을 받고 국방백서를 내었으니 북방은 튼튼히 하고 남쪽은 문을 숭상하여야 한다는 요지였다. 문종 신미년(1451)에는 부사로 이조참판 이변을 대동하고 중국을 다녀왔다. 단종 계유년(1453) 단종 등극 후 세조 등이 단종인 왕을 핍박한다는 상소를 올렸다. 오히려 그들의 오해로 의금부에 투옥되었으나 세조가 나와 연관된 일이니 不問을 간청하여 풀려나는 일이 있었다. 그러나 그 날 임인 일에 세조가 그들 거사에 지장이 있다고 판단 仁順府尹으로 쫓아내니 나이 늙었음을 핑계로 곧 상소하여 사퇴하고 초야에 묻혀 사셨다. 세상을 등지고 그곳(소산리)에 정자를 짓고 기거하며 예법을 가르치니 이 소식을 들은 선비들이 구름 모이듯 많았다. 한편 못을 만들어 수리사업을 하니 한발을 모르니 옥야가 되어 누런 벼로 풍년을 이루는 마을이 되니 칭송이 자자하였다. 세조 을묘(1459) 2월 5일에 졸하셨다. 슬하에 3남 3녀를 두시어 3파(희동, 애동, 연동)의 후손들이 맏집인 안동 풍산을 중심으로 영주 문경, 청송 등지로 흩어져 세가를 이루고 있다.

임진왜란 때 이응의 자손들은 많은 화를 입었고 장자인 이해의 후손은 대(代)가 끊겼으며 둘째 이화의 후손들도 인적 손실은 물론이고 집과

많은 문적들을 잃게 되었다. 후손들은 목숨을 보존하기 위해 사방으로 흩어져 살면서 조상들의 행적은 그 일부가 구전으로 전할 따름이다. 근래에는 6.25동란 때도 인적 손실이 있었다. '조선왕조실록'에 몇 가지 기록들이 남아 있어 그 행적의 일부를 참고할 수 있어 그나마 다행한 일이다.

'영가지' 권7 열녀조에 이화의 아우 이강의 처 의성김씨의 사적이 조정에 알려지자 정려(동네에 정문(旌門)을 세워 표창하는 일)가 내려져 열녀 조에 올라 있다. 서주석 선생에 의하면 전의이씨는 세조 때에 이화가 만년에 안동으로 내려와 풍산 소산(섶못)에 자리 잡고 살기 시작하였고 그 후 중종 때(襄靖公 5대손 雙胎兄弟 중 季氏 僉知事 仲年)에 와서 하리(중말)로 이거하였다. "화(樺)는 정창손(鄭昌孫)의 사위가 되어 세조 때 병조판서를 지냈으며 만년에 벼슬을 버리고 안동에 내려와 침류정을 짓고 유유자적하면서 지냈다. 영조 때 난졸제(襄靖公 7대손, 시호: 淸憲)께서는 풍암서원(난졸제 문집 권4 단구학계기)에 제향되었으나, 서원은 대원군 때 철폐되고 '어필영정각'만 남았다. 그리고 양정공 화를 모신 사당 존경사(지산사 池山祠)와 후손 문한(文漢 襄靖公 8대손—21세)의 저택 일성당(日省堂)이 남아 있다.

襄靖公 李樺는 출사 후에 세종 19년(1427)에는 좌군 도병마사 상호군(정3품 당상관)이 되어 우군도병마사 대호군 정덕성, 도절제사 이천과 함께 군사를 거느리고 강계로 가서 만주

어필영정각

의 야인들을 토벌한다. 그리고 세종 25년에 중추원부사로 있다가 전술 능력을 인정받아 경상좌도 도절제사가 되어 탁월한 능력을 발휘하여 왜구를 격퇴한 공로로 동지중추원사(종2품)로 임명을 받는다.

이화(李樺)로 동지중추원사(同知中樞院事)를, 이변(李邊)으로 중추원 부사(中樞院副使)를, 이인손(李仁孫)으로 예조 참의를, 정창손(鄭昌孫)으로 집현전 부제학을, 박건순(朴健順)으로 사간원 우정언을, 김자웅(金自雄)으로 경상도 좌도 도절제사를, 이종목(李宗睦)으로 전라도 수군 처치사를 삼았다.

한확(韓確)을 지중추원사(知中樞院事)로, 권제(權踶)를 동지중추원사(同知中樞院事)로, 정연(鄭淵)을 중추원 부사(中樞院副使)로, 유한(柳漢)을 형조 참판으로, 이화(李樺)·박연(朴堧)을 아울러 첨지중추원사(僉知中樞院事)로, 권맹경(權孟慶)을 공조 참의로, 허척(許倜)을 형조 참의로, 최만리(崔萬理)를 집현전 부제학(集賢殿副提學)으로, 김소남(金召南)을 사헌부 장령으로, 남양덕(南陽德)을 사헌부 지평으로, 조상치(曺尙治)를 사간원 좌헌납으로, 이명신(李明晨)을 경기도 관찰사로, 이계린(李季疄)을 강원도 관찰사로, 이길배(李吉培)를 황해도 관찰사로 삼았다.(왕조실록 태백산사고본 참조)

이변(李邊)으로 예조 참판을, 조극관(趙克寬)으로 형조 참판을, 권맹경(權孟慶)으로 동지중추원사(同知中樞院事)를, 박강(朴薑)으로 이조 참의를, 조련(趙憐)으로 병조 참의를, 남우량(南佑良)으로 공조 참의를, 김흔지(金俒之)로 승정원 동부승지를, 이화(李樺)로 경상좌도 도절제사를 삼았다.(왕조실록 태백산사고본 참조)

군사와 병법에 탁월한 식견이 있었던 이화는 세종 31년에 병조판서(정2품)를 제수 받았고 같은 해에 경상좌도 도절제사로 다시 임명되어 왜구의 토벌을 위해 출정하였다. 이후 문종 때 중추원부사(1451)가 되었으며, 10월에 북경에 정조 하례 정사로 다녀온다.

문종께서 정조사(正朝使) 이화(李樺) 등이 승정원(承政院)에 치서(馳書. 서신 따위를 보냄)하기를,

"신 등이 요동(遼東)에 이르니 진무(鎭撫)가 신 등의 객관(客館)에 이르러 이르기를, '이채(李彩)가 중국 사람을 안동하고 어사(御史)와 안찰사(按察使)를 만나니, 모두 이르기를, 「조선(朝鮮)의 전하(殿下)께서 매양 도망하여 온 인구(人口)에게 옷과 갓을 갖추어 주어서 풀어 보내니, 중국 조정을 향한 충성을 이루 말하기가 어렵다.」고 하였다.' 합니다." 하였다.

정조사(正朝使)인 동지중추원사(同知中樞院事) 이화(李樺)와 부사(副使)인 이조 참판(吏曹參判) 이변(李邊)이 북경(北京)으로부터 돌아왔다.(왕조실록 태백산사고본 참조)

단종 원년(1453)에는 수양대군이 단종에게 무례하다는 상소를 올려 좌의정 정인지, 좌찬성 이사철, 좌승지 신숙주 등으로부터 수양대군을 모해하는 것이라는 탄핵을 받아 의금부에 투옥되었으며(단종실록, 권9 35항) 대신들과 단종의 안위를 걱정하였다.(단종실록, 권12 12항)

정효순(鄭孝順) · 두을언(豆乙彦) · 덕산(德山) · 맹효증(孟孝曾) · 이화(李樺) · 김유득(金有得) · 진선(陳善) 등이 은밀히 사사로이 모여서 세조(世祖)를 모해(謀害)하고자 한다는 것을 영양위(寧陽尉) 정종(鄭悰)에게 고하니, 정종이 중추(中樞) 조유례(趙由禮)와 더불어 승정원(承政院)에 가서 비밀히 아뢰었다. 〈임금이〉 세조(世祖)와 좌의정(左議政) 정인지(鄭麟趾), 좌찬성(左贊成) 이사철(李思哲), 좌참찬(左參贊) 이계린(李季疄) 등을 부르고, 도승지(都承旨) 최항(崔恒), 좌승지(左承旨) 신숙주(申叔舟)로 하여금 함께 대군청(大君廳. 1215)에 나아가 의논하도록 명하고, 의금부(義禁府)에 내려 국문하게 하였다. 처음에 이창이 정효전 등의 음모를 고하니, 세조가 계달(啓達)하게 하고,

또 말하기를, "다만 나를 모해하려고 한 것뿐인데, 내게 관계되는 일이니 감히 의논할 수 없다." 하였다.(단종1년 정유년(1453) 왕조실록 태백산사고본 참조)

단종 3년 을해년(1455)에 세자 호위와 궁중 토지 전세(田稅)를 담당하는 종2품 인순부윤(仁順府尹)이란 관직이 내려졌고 그해 세조가 왕이 되면서 전라도 도절제사로 제수되었으나 사임하고 그 길로 낙향한다. 이때는 단종이 폐위되고 세조가 왕위를 찬탈하는 해로 세상은 이화의 생각과는 다른 방향으로 가고 있음을 생각했던 것으로 보인다. 당시에 이화의 장인인 정창손(계유정난과 세조 반정에 협력하였으며, 사위인 김질이 사육신과 세조 제거에 가담한 것을 설득하여 고변하게 했다. 익대 공신 2등에 녹훈되었고, 1443년 집현전교가 되었는데 재직 중인 이듬해 한글의 제정을 반대하다가 파직, 투옥되었다가 풀려났고 1446년에는 세종이 불경(佛經)을 간행하려 하자, 왕실의 불교 숭상을 강력히 반대하다 다시 좌천되기도 했다.)은 세조가 즉위하자 이조판서를 거쳐 영의정에 이른다. 그해 이화가 원종공신 2등에 녹을 받은 것은 정창손과 무관하지 않은 것으로 보고 있다. 이것은 세조 1년 9월 5일에 단종을 폐위시키고 세조가 왕위에 오르는 데 공을 세운 사람들에게 정난공신을 내렸고, 12월에 다시 준공신에 해당하는 원종공신 녹훈을 2,300명에게 내렸다. 원종공신은 대계 정공신을 내린 뒤에 직간접적으로 공을 세운 일반 관리나 공신의 자손들에게 녹훈을 내려 민심을 수습하기 위한 수단으로 내려졌다(2등에게는 각각 1자급을 더해 주고 자손을 음직을 받게 하고, 후세에까지 유죄(宥罪, 죄를 너그러이 용서함)하고, 자손 중에서 한 사람을 자원에 따라 산관(벼슬의 품계만 받고 일정한 직무가 없던 벼슬) 1자급(資級)을 더하여 준다. 그 가운데 자손이 없는 자에게는 형제·사위·조카 중에서 자원에 따라 산관 1자급을 더하여 준다). 이화는 공을 세운 일이 없다고 사양하고 받지 않았

다.(세조실록 2권, 세조 1년. 1455년)

　세조께서 1년(1455)에 경상도 관찰사(慶尙道觀察使) 원효연(元孝然)·좌도 도절제사(左道都節制使) 하한(河漢)·처치사(處置使) 유강(柳江)·우도 도절제사(右道都節制使) 한서룡(韓瑞龍)·처치사(處置使) 이사평(李思平)과 전라도 관찰사(全羅道觀察使) 이석형(李石亭)·도절제사(都節制使) 이화(李樺)·처치사(處置使) 이행검(李行儉)과 충청도 관찰사(忠淸道觀察使) 정척(鄭陟)·절제사(節制使) 이종효(李宗孝)·처치사(處置使) 김윤수(金允壽)와 황해도 관찰사 겸 병마절제사(黃海道觀察使兼兵馬節制使) 유규(柳規)와 강원도 관찰사 겸 병마절제사(江原道觀察使兼兵馬節制使) 김광수(金光晬)에게 유시(諭示. 백성을 타일러 가르침)하기를,

　"이제 견디기 어려운 추위를 당하여 매양 변방을 지키는 노고를 생각하면, 어찌 잠시라도 이를 잊을 수 있겠는가? 서로 위로할 길이 없어 특별히 경들에게 잔치를 내리니 이로 인해 한때라도 즐기기를 바란다." 하였다.(세조실록 2권, 세조 1년)

　이화(李樺)에게 동지중추원사(同知中樞院事)를, 권맹손(權孟孫)에게 예문관 대제학(藝文館大提學)을, 이흥상(李興商)에게 계림군(雞林君)을, 고득중(高得中)에게 첨지중추원사(僉知中樞院事)를 가자(加資)(정삼품(正三品) 통정대부(通政大夫) 이상의 품계를 올림)하였다.(왕조실록 태백산사고본 6집 708면)

　이화는 낙향하여 침류정(枕流亭) 현판을 달고 가뭄으로 물이 부족하자 천정산(泉井山) 아래에 사지(筒池: 현 소산지)라는 못을 만들어 양어하여 어조 유취 붙이시고 풍류를 즐기시며 풍년 농사에 힘썼다. 다음과 같이 시를 지어 소회하니 자자구구 애국이었다. 소산 마을에 정자를 짓고 당호를 야소헌(埜巢軒: 양정공의 호)이라 하고 인근의 젊은이를 모아 제자들을 길렀다.

백발우시원(白髮憂時晼)-머리가 희어지니 넘어가는 해를 걱정하고

도황락세풍(稻黃樂歲豊)-벼이삭이 누렇게 익으니 풍년 되어 즐거워라.

강호무일사(江湖無一事)-자연과 더불어 지내는(시골) 생활에 아무일 없으니

괴작침천옹(傀作枕泉翁)-목침을 베고 누운 못 가의 늙은이는 스스로 부끄럽게 만드는구나.

당시의 시대적 배경(단종 원년)과 왕조실록의 기록에 의하면 단종이 폐위되고 세조가 왕위를 찬탈하는 해로 세상은 공의 생각과는 다른 방향으로 가고 있음을 감지하고 낙향하게 된다.

위 시는 5언 절구의 형식으로 豊, 翁을 韻字로 삼아 당시의 현실을 공의 숨은 생각을 드러내지 않았을까? '이런 처지에서 늘그막에 벼슬길에서 물러나 인공 못을 만들어 자연과 더불어 지내는 생활의 즐거움이 있으나 단종의 폐위로 넘어가는 해를 걱정하며 낙향하여 한가하게 지내는 자신의 처지를 부끄럽게 여기는 애국의 심경을 노래한 것이 아닌가?'

주로 무인의 길을 걸으며 명나라 사신 정조사(正朝使)인 동지중추원사(同知中樞院事), 도절제사, 경상좌도 도절제사, 첨지중추원사(同知中樞院事) 등 여러 관직에 두루 임면되면서 문종 단종 세조 걸쳐 1459년 69세로 졸하셨다. 계유정란, 임진왜란이라는 내우회환이라는 전화로 인적 손실이나 다른 지역으로 은거하여 사는 힘든 삶이 있었다. 궁금증이 다소나마 해소된 듯하다. 드러난 자료의 일부분이나마 선조에 흔적을 찾을 수 있어 위안을 받았으나 자료의 소실로 기록이 상세히 전해지는 못하는 것은 아쉬움으로 남는다.

침류정(지산사)을 짓고 남긴 5언 절구는 아마도 단종 폐위와 세조의 왕권찬탈의 시대에 살았던 한 신하의 탄식을 표현한 것이라고 여겨진다. 당시에 세웠던 정자는 임진년 왜란 때 화재로 소실되었다가 200여 년 후 반월산에 터를 잡고 6칸을 1779년에 풍산 하리리 중마을 뒷산에 6칸을 중건하였다가 1936(병자년)에 다시 '어필영정각'이 있는 단구촌 언덕으로 존경사를 지어 이건하였다. 건물의 규모는 정면 3칸, 측면 1칸 반이고 지붕은 홑처마 팔작지붕이다. 건물의 구조는 정면 반 칸과 가운데를 마루로 만들고 좌우에 온돌방을 두었다.

공은 부모상을 당하여 6년간 여막 살이를 하는 등 효성이 지극하였고, 7형제가 한 집에 기거하면서도 문밖에 싸우는 소리가 들리지 않을 만큼 우애가 좋았다. 세조 15년(1459)에 검판중추원사(檢判中樞院事) 이화(李樺)가 69세의 나이로 별세하니 조정에서는 조회를 잠시 멈추었고 시장에서는 장사를 하지 않는 정조시(停朝市)의 명을 내렸다. 그리고 양정(襄靖)이란 시호가 내려졌고 벼슬은 숭정대부(종1품)로 높여 주었다. 그리고 중종 때에 청백리(淸白吏)로 뽑히어 궤장을 하사받았다. 시호(諡號)를 양정(襄靖)이라 하니, 갑옷(甲冑)을 입고 싸우는 데 공로가 있음을 양(襄)이라 하고, 유순(柔順)하고 강직(强直)하면서도 고종명(考終命:자기의 명대로 살다가 평안하게 죽다)한 것을 정(靖)이라 한다.(조선왕조실록 태백산사고본 참조)

양정공에 대한 자료들은 외환(임진년 왜란) 때 화재로 소실되어 정확한 기록은 족보, 조선 실록, 사적 자료, 지방지 등 구전을 참고할 따름이다. 필자가 어린 시절 뿌리에 대해 자세하게 알지 못하여 귀동냥과 기록 자료에 의지하여 뿌리를 알 뿐이었다.

안동 유림에서 양정공의 공덕을 기려 그의 위패를 지산사(池山祠 또는

尊景祠: 풍산읍 하리리 4번지)에 모시고 매년 음력 3월경에 향사를 지내고 있다.

아이들이 잠시 듣다가 지루해하더니 시큰둥해 했다. 아이들의 관심을 모으는 데는 실패했다. 뿌리 찾기와 예절교육은 청소년들에게 올바른 인격체로 성장하는 계기가 되는 것이 아닌가? 뿌리 찾기는 예절로 인간관계에서 반드시 지켜야 할 규범이다. 예절이 필요한 이유는 원만한 인간관계 유지를 위해서다. 예절은 고정된 것이 아니라 변화하는 것으로 표현 형식은 지역, 시대, 상대방에 따라 다르다. 예절의 근본정신은 모든 사람을 가장 존엄한 인격체로 존중하는 마음이다. 또한 현대 예절의 낭비적 폐단을 시정하고, 우리 사회에 적합하고 분수에 맞는 예절 생활의 실천이 '건전가정의례 준칙'이 실천 사례가 아닐까?

뿌리에 대한 이야기는 요즘 아이들의 관심 밖의 일이기는 하다. 하지만 뿌리를 찾아 나서면서 만나는 것은 오랜 시간의 흐름 속에서 가슴 아프고 슬픈 이야기나, 훈훈하고 따뜻한 이야기이거나, 자랑스럽고 아름다운 이야기도 만날 것이다. 다양한 이야기 속에서 모든 사람을 가장 존엄한 인격체로 존중하는 마음이 생겨날 수 있도록 하는 것이 뿌리를 찾는 의미가 아닐까? 족보는 한 가족의 역사이다. 자신만을 내세우는 세태 속에서도 뿌리 찾기 공부를 통해 가족과 뿌리의 이야기를 통해 '나'와 '남'과 관계의 의미를 배우는 것이 아닐까?.

드라마 '뿌리'는 알렉스 헤일리의 소설 '뿌리'를 원작으로 1977년 ABC방송에서 방송된 적이 있다. 뿌리에 대한 아이들의 관심을 모으는 데는 실패했으나 이 이야기를 통해 뿌리의 중요성을 모르는 많은 젊은 세대에 그 뜻을 전할 수 있겠다고 생각했다. "쿤타 킨테가 200년 전에 시작한 얘기는 그의 후손을 통해 알렉스 헤일리와 나의 아버지에게 전해졌으며, 이젠 내가 전하는 역할을 맡았다며 쿤타 킨테가 그 이야기를 전하려고 수없이 싸운 것처럼 우리도 그렇게 해야 한다.''고 말했던 것처럼 알려주는 의미가 컸다. 필자가 진정 바라는 바는 설명보다는 자신이 눈을 뜨고 스스로 찾아 알아가고 실천하는 것도 의미 있는 일이라 생각했다.

제5부

서간문

준엽아

애비다.

가까이서 불러 볼 때 풋풋한 너의 이름이 아니구나! 지금은 아려오는 애잔함이 있구나.

너가 입대하러 떠나던 날 잠을 설쳐 이른 아침을 서둘러 나서던 모습이 선하구나. 날씨가 제법 추웠던 것 같은데 아침밥이랑 점심밥이랑 입맛을 잃어 수저를 놓던 너의 모습에 속이라도 든든하게 채우고 갔으면 좋으련만⋯. 그때가 아련하구나. 긴장되고 두려운 심정을 애써 가라앉히려던 너의 모습을 보니 새로운 환경에 적응하려는 의지가 묻어나더구나. 너를 보낸 후 잠시 내 생활에 파묻혀 며칠을 지내던 중 봉투 속에 동봉된 사연과 사진의 모습을 보니 불현듯 애틋함이 솟아나는구나. 한편 군기가 들어 씩씩하고 늠름한 자태가 군인의 티가 묻어나더구나.

일전에 받았던 소포의 옷 속에 남겨진 작은 메모 쪽지의 글 속에서 아들의 모습이 상상되더니 이번 편지글 속에서는 말투가 달라지고 의식이 다소 차이가 있더구나. 내용을 통해 느끼는 너의 생활은 점차 무리들의 속에 익숙해져 감을 실감할 수 있었단다. 이젠 잔반의 내음이 몸에 배어나는 것이 익숙하고 건빵과 간식이 생각나는 것을 보니 생활이 너를 분주하게 만들고 자신의 자리를 찾아가게 만드는 듯하구나.

훈련의 강도가 깊어지고 전우들과 진한 동질감을 느껴갈 때쯤이면 너는 의젓하고 당당한 신병이 되어 있겠지. 애비도 군 생활을 통해서 나를 발견하는 계기가 마련되었지. 너의 글 속에서 "가족들을 돌보지 못하게 되어 죄송하다"는 말을 접하고 보니, 이젠 너도 성장했고 애비와 너의 삶의 역할도 달라져야 한다는 걸 느꼈단다. 애비가 군입대한 것이 엊그제 같은데, 네가 군에 가는 걸 보니 세월이 빠르기도 하구나.

가야 할 때가 언제인가를
분명히 알고 가야 하는 이의
뒷모습은 얼마나 아름다운가.
……(중략)……
헤어지자
섬세한 손길을 흔들며
하롱하롱 꽃잎이 지는 어느 날

나의 사랑, 나의 결별
샘터에 물 고이듯 성숙하는
내 영혼의 슬픈 눈.

가을에 열매를 맺기 위해 꽃이 떨어지는 모습은 아름답구나. '영혼의 성숙을 위해 이별은 슬픈 것이 아니라 아름다운 것이다.' 이런 의미의 시구가 떠오르는구나!

애비가 군 생활을 할 때도 가족들의 소식은 늘 그리웠단다. 그 당시는 기쁨의 소식은 아닐지라도 너의 할아버지의 소식 자체가 그렇게도 기대되었는데….

당시를 생각해보니 쉽게 손이 가지 않던 내가 너의 마음을 헤아려 이렇게 글을 쓴단다. 자주 소식은 못 준다 하더라도 서운해하지 말고 꿋꿋하게 군 생활 잘 해 주길 바란다. 요즘은 군이 예전과 다소 다르다는, 곧 좋아졌다는 느낌을 받았다. 이전에는 외부와 단절된 느낌이 많이 들었으나 이제는 다소 외부에서도 통로가 열려 있더구나.

애비는, 믿는다.

너가 어떤 여건과 환경에서도 자신의 직무와 책임을 잘 알고 슬기롭게 잘 대처하고 극복할 수 있는 믿음직스러운 모습으로 처신할 수 있을 것이라는 것을.

무엇보다도 건강하고 안정된 군 생활이 될 수 있도록 애비는 기대한다.

건강과 안전은 아무리 강조해도 지나치지 않다.

건강하고 늠름하며 성숙한 너의 모습을 기대하며….

건투를 빈다. 아자!

그리고 너를 무척 신뢰한다.

애비가